これでは数字が取れません

望月拓海

JN051514

講談社
タイガ

CONTENTS

ません』 キャスト表

大城了

（おおしろ・りょう）

成功を夢見て上京してきた
放送作家の卵。
情熱的で行動派な優しき男。
喧嘩無敗の元ヤン。

乙木花史

（おとぎ・はなふみ）

人前で喋れず
スケッチブックで意思疎通。
番組企画の天才…!?
パンダ帽が目印の美少年。

『これでは数字が取れ

CAST

DEATH FIGHTING FOR WAVES

韋駄 源太	放送作家。「韋駄天」主催。
直江 ダーク	韋駄の弟子。
影山 雄也	韋駄の弟子。
乙木 文	「もんじゃ 文」女将。
加納 レフト	「センターヒット」ツッコミ。
小山田 ライト	「センターヒット」ボケ。
大河内 丈一	コワモテ俳優。
青島 志童	天才と呼ばれる放送作家。

イラスト／鈴木りつ　デザイン／川谷デザイン

これでは数字が取れません

DEATH
FIGHTING
FOR
WAVES

#0「大城《おおしろ》了《りょう》と乙木《おとぎ》花史《はなふみ》」

巷《ちまた》じゃオワコンなんていわれてるけど、今でも一番強いメディアはテレビだ。

Twitterのトレンドはテレビ番組やタレントの話題ばかり。

YouTubeじゃ百万回再生された動画は話題になるし、出版業界では百万部が売れたら大ヒット。

だけどテレビじゃ、百万人が見ても視聴率はわずか一％だ。乱暴な計算だけど視聴率二〇％の番組は二千万人も見てる。こんなに大きなメディアはほかにはない。

——みたいなことを、おれの憧《あこが》れの人がインタビューでいっていた。

その人は高卒で勉強もできなかったらしいが、ある職業で日本一と呼ばれている。育ちも学歴も関係ない。おもしろい企画を考えられたら天下を取れる。

それが、放送作家だ。

五月十日の十五時五十分。

おれは西麻布にあるテレビ制作会社の会議室に座っている。

このビルの前に着いたとき、地下一階のレストランから超大物芸人が出てきて、運転手つきのロールス・ロイスに乗って帰っていった。

スマホで調べたらそのイタリアンレストランは一九六〇年に創業した著名人御用達《ごようたし》の老舗《しにせ》だとわかった。三島由紀夫が割腹自殺する前に最後の晩餐《ばんさん》をしたり、ユーミンが中学生のころから通ったりしていたそうだ。

やばいぜ、東京。

地元とは別世界だ。今日ここにくるまでも、人の多さやビルの高さに驚きっぱなしだった。

おれは昨日上京してきたばっかだ。

クラスの四分の一が卒業までに退学する沖縄県の底辺高校を出たおれは、その後二年間、地元の会社で働いていた。でも事情があって少し前にクビになった。

スマホで求人サイトを見ていたとき、「放送作家の仕事紹介」というテーマのインタビュー記事が目に入った。

答えていたのは〝日本一の放送作家〟と呼ばれている男、青島志童《あおしましどう》だった。無精髭《ぶしょうひげ》を生やし、涼しげな目をしたロン毛の男前。現在三十九歳のその男は、十五本の番組を担当。おれがおもしろいと思うすべてのテレビ番組に携わっていた。

放送作家を始めたのは今のおれと同じ二十歳からで、それから数々の常識外れな企画を生み出し、テレビの自主規制が厳しくなった今でも規格外の番組をつくり続けている。

今や伝説となっている番組企画、「一日で一千万円を使い切る」「三輪車でエベレスト登山」「千人ナンパ成功するまで帰れない」などは、青島本人が検証後に実現させたという。

おれと同じで学生時代は勉強嫌い。最終学歴は高卒だった。「放送作家になりたい人へのメッセージは？」という質問に、青島志童はこう答えていた。

『放送作家は、縁の下の力持ちとして番組制作を支える地味な仕事です。けれど、まぶしいほどに輝く瞬間があります。

それは、自分らしい企画をつくったときです。

本当におもしろい企画は強烈な個性を放っています。自分らしさの詰まった企画が何千万人もの心を動かす。その喜びはかけがえのないものです。

テレビの世界で、あなたらしい企画をつくってください』

脳天をハンマーでぶん殴られた感覚。

放送作家について調べてみると、年収一億円を稼ぐといわれている韋駄源太《いだげんた》が弟子を募集していた。

韋駄はこの二十年、常に二十本以上のレギュラー番組を担当し続けてきた大御所の放送作家だ。手がけてきた番組は千五百本を超えるバケモン。初めてチーフ作家を務めたゴールデンのレギュラー番組、「ゆかいな時間」は視聴率三〇％を記録し、今も伝説の番組として語り継がれている。仕事を一番に優先してきたためにいまだ独身だそうだ。

韋駄は弟子たちの集団に「韋駄天《いだてん》」という名をつけていた。そのメンバーを定期的に募集しているらしく、今回は四期生を募《つの》っていた。

韋駄天には誰でも入れるわけじゃない。番組企画書を送って合格したやつだけ。合格してからも週に一度開かれる会議に参加し、使えないやつはクビになる。使えるやつだけが韋駄に仕事を紹介してもらえるらしい。

おれはなにも持ってない。他人に勝てる点といえば、でかい体くらいだ。それならダメでもともと、どでかい花火を打ち上げたかった。

おれは韋駄天に応募した。本当は青島志童に弟子入りしたかったが、あのインタビュー記事に「弟子はとっていないからこないでほしい」と書かれていたから諦《あきら》めた。

自分が視聴者だったらどんな番組を観《み》たいのか。それを考えまくった。

いくつか思いついたけどワクワクしなかったからボツにした。どうせなら自分の心が躍る番組をつくりたい。

とにかく考えたが、なかなか思いつかない。朝から晩までノートにあれこれと書いた。動いているほうが頭が回ったから、街中を歩きながら考える。ぶつぶつと独《ひと》り言《ごと》をいってたから人から白い目で見られた。

こんなに頭を使ったのもなにかに夢中になったのも初めてだ。とにかくやり遂げようと必死だった。初めて自分と向き合った気がした。

よくわからないまま終わらせたくない。企画のことも、おれ自身のことも。

しばらくすると、一つの企画を思いついた。

少ない貯金からノートパソコンを買って人差し指でパソコンを打つ。一週間かけてA4一枚の企画書を完成させ、募集要項に載っていたメールアドレスに履歴書と企画書を送った。履歴書の志望動機には「熱くなりたいから」と書いた。

すぐに合格を伝えるメールがきた。一ヵ月後、韋駄源太が取締役《とりしまりやく》を務めるテレビ番組制作会社で開かれる、韋駄天の会議に参加してほしいとのことだった。

迷わず上京した。

おれはとにかく、なにかに燃えたかったんだ。

そんなわけで、おれは今、韋駄源太を待ってる。

会議室は教室みたいなレイアウト。長机は一番前に一つ、ほかに八つが縦二列、横四列に並べられていて、一つの机に三つの椅子《いす》がある。

おれは最後列の四列目、一番右の席に座っていた。

一番前の机には鬼太郎みたいな長い黒髪の細身な男がこっち向きに座ってて、ノートパソコンを打っている。

会議室に入ったとき、鬼太郎に名前を訊《き》かれた。おれが名前をいうと、リストを見た鬼太郎に「後ろ二列の好きな席に座ってくださーい」と軽いノリでいわれた。後ろ二列が四期生でそれ以外が韋駄天の先輩たちのようだ。

さっきから先輩たちがノートパソコンを打つ音だけが会議室に響いている。おれがきたときはまだ空席が多かったが、もう人がいっぱいだ。

と、鬼太郎がものめずらしそうにおれを見つめていた。

「なんすか？」

おれが訊くと、鬼太郎はクスッとした。

「いや、君みたいなヤンチャっぽい子はめずらしいから」

「……ヤンチャっぽいすか？」

「ピアスにツーブロックのソフトリーゼント、Tシャツに穴だらけのダメージジーンズなんて君だけだよ。五月なのに日焼けしてるし」

周りを見渡すと、たしかにみんな真面目《まじめ》そうな髪型と服装。

高校時代の成績を比べたら間違いなくおれがビリだろう。あのころに毎日のように喧嘩《けんか》してたのもおれだけかもな。

まったく違う世界に来ちまったけど、これからやることも喧嘩と同じだ。おれの喧嘩は素手でのタイマンだけだった。己のすべてを拳《こぶし》に込めて真剣勝負をする。そのスリルが好きだった。己を込める場所が拳から企画に変わるだけだ。

これからは腕力じゃなくて頭で勝負しなきゃいけない。喧嘩は自信があったが、みんな賢そうだ。真面目そうなやつらにビビる日がくるとは思わなかったぜ。

けど、おれは死ぬ気でやると決めたんだ。

お前らには絶対に負けねえからな——。

ライバルである四期生たちに向けて瞳《ひとみ》を燃やすと、みんな目をそらした。

だが、その気合いが一気に抜ける。

会議室にパンダが入ってきた。

正確にいうと、パンダの帽子をかぶった女……いや男か？
男といっても中学生くらい。頭にはパンダの顔があって、両サイドからは白いボンボンが肩まで垂れている。ボンボンの先っぽは黒い。

ダボついた白いパーカーの上にジージャンを重ねた可愛《かわい》い系ファッションで、リュックを背負っていた。小柄《こがら》で痩《や》せている。

パンダの帽子からは前髪がはみ出ていて、少女漫画みたいにキラキラした大きな目をしている。こんなに美少年っぽい美少年は見たことがない。でも、パンダの帽子だ。

なんだこいつは……どんな思考回路でこの帽子をかぶる答えにたどり着いたんだ？

やばい。

絶対に普通じゃねえ。目を合わさないようにしよう。

おれはすっと前を向く。

が、すぐにあることに気づいた。

鬼太郎がノートパソコンを打つのに夢中で、パンダに名前を訊きにいかない。

パンダは不安そうにキョロキョロしていた。

会議室の席はぜんぶ埋まっている。どうしていいかわからないんだ。

パンダが目に涙をためる。
おいおい……まさか泣くのか？　小学生かよ？
誰か声をかけろ。
けど先輩たちはパソコンをパチパチしてるし、四期生たちはなぜかみんな下を向いて
──あ。
さっきおれがみんなを見てたからだ。にらんでると思われたのか。
「う……うう……」
いよいよパンダが泣きそうになる。
子守かよ。勘弁してくれ。
おれは立ち上がって鬼太郎のところまで歩いていき、親指で会議室の右隅《みぎすみ》をさした。
「その椅子、使っても？」
五、六脚の椅子が重ね置きされている。
パソコンを打っていた鬼太郎が顔を上げ、おれとパンダに気づいた。

「あらら……席が足りなかったか。お願いしていいかな？」

「うっす」

おれが低い声で答えると、鬼太郎がパンダに名前を訊きにいく。

重ねられた椅子の前には二つの大きな段ボール箱が積まれていた。上に置かれた口の開

いた段ボール箱には、大量の台本がぎっしり詰まってる。これが邪魔で椅子がとれない。

台本に目がいく。これからおれも書くことになるのだろうか。

腰を垂直に落とし、上に積まれていた段ボール箱の右上と左下を摑《つか》んだ。重い。これが番組づくりの要《かなめ》なんだ。そう思うと一段と重量が増した気がした。そのまま持ち上げて横に下ろす。

一脚の椅子を抱《かか》え、自分の席まで戻り、入り口付近にいる鬼太郎とパンダに目をやる。

「花史くんね……あった。ところで君、どこかで会ったことある？」

鬼太郎がパンダを見つめる。

パンダは緊張の面持ちで目をパチパチさせながら首を横にプルプルと振った。

「気のせいか……」

鬼太郎があごに手をやる。

おれはパンダに向かって声を出した。

「ここ、空いてるぞ」

パンダは心底ほっとした顔をおれに向け、ペコリと頭を下げた。

鬼太郎がおれに微笑《ほほえ》みかけ、自分の席に戻っていく。

パンダはトコトコ歩いてきて、さっきまでおれの座っていた席にちょこんと腰をおろした。抱えていた椅子をその隣に置いておれも座る。

おれの前にだけ机がないけど、まあいい。

隣に座ってるパンダを見る。

緊張しているのか青白い顔をしていた。

明らかに変なやつだ。変なやつだけど、

「似合ってんな。その帽子」

こいつの雰囲気と妙にマッチしている。

パンダは引きつっていた顔をみるみる明るくさせた。

「ほ……ほんとですか⁉」

「ああ」

「そ……そちらの髪型も似合っています」

「大河内丈一《おおこうちじょういち》を意識してんだよ」

「こ……強面《こわもて》俳優の……似てます」

「だろ？」

パンダは一旦《いったん》うつむいた。

そして恥ずかしそうに少しもじもじして、

「あ、あの……合格者の方ですか？」

でかい瞳を向けてくる。

「ああ。前の二列が先輩たちで、後ろが四期生っぽい」

「ぼ……ぼく、乙木花史です。十八歳です」

勇気を出してしゃべっていると伝わった。

思ったより歳《とし》を食ってる。いわれなきゃ中学生だと思うぜ。

「大城了、二十歳だ。高校生か？」

「卒業したばかりです」

緊張のせいか膝《ひざ》の上にある両手の握《にぎ》り拳がプルプル震えてる。

姉貴が実家で飼っているチワワを思い出した。高校生のころに近所を散歩させていたら他校の不良三人に絡まれて返り討ちにしたな……チワワは喧嘩が終わるまで大人しくお座りして待っていた。

「地元はどこだ？」

「東京です」

「つーことは実家暮らしか？」

「はい。月島です」

「そっか。いいな」

普通に答えたけど、月島を知らない。

「ぼ……ぼく……」

と両膝のズボンを握って見つめてくる。言葉がなかなか出ないようだ。一旦顔を下げ、また上げた。

「りょ……了さんは沖縄ですか？　ひ……引っ越し屋さんは暑いと大変そうですよね」

固い笑みを向けてくる。おれは驚いて口を開けた。

「どうして……知ってんだ？　おれの地元と前の仕事のこと……」

こいつとは初めて会った。こんなことを知ってるわけがないんだ。

花史はきょとんとする。

「なんとなく……」

「……なんとなく？」

花史が口を両手でおさえ、前屈《まえかが》みになる。緊張で吐《は》きそうになったのかと心配したが、そうじゃなかった。

「うふっ、うふふっ……」

笑ってる。肩を震わせながら。

「ど、どうした？」

「いえ……うふっ、ちょっと思いついて」

笑いをこらえながらいう。

周りの四期生たちが引きつった顔で花史を見つめる。

……やべえ。

こいつは本格的にやばいぞ。そうとう変わったやつだ。

でも、おれまで引いたらちょっと可哀想《かわいそう》だ。……おれも笑うか。

花史に合わせて引きつった笑みを見せていると、会議室のドアが開いた。

「おつかれさまです！」

先輩たちが一斉に挨拶《あいさつ》する。遅れて四期生たちも声をあげた。

一億円を稼ぐ放送作家、韋駄源太が現れた。


耳の下まである黒いチリチリパーマに茶色いフレームのメガネ、整えられたあごひげ、高そうな茶色いジャケットとジーンズのちょいワルおやじ風ファッション。

ネットで見た写真と同じだけど思ったよりでかい。背はおれより少し低いくらいで百八十センチはある。

颯爽《さっそう》と鬼太郎の隣まで歩いてきた韋駄はルイ・ヴィトンのバッグを机の上に置き、

「おつかれ」

と無愛想《ぶあいそう》な低い声を出して席に座った。

弟子たちの熱い視線が韋駄に注がれる。

「四期生は初めてだったな。韋駄源太です」

小さな目で四期生たちを見つめる。

「テレビ番組の企画を考え、会議でアイデアを出し、台本をつくる。それが放送作家の主な仕事だ。仕事はほかにもあるが韋駄天でやりながら覚えてくれ」

韋駄は早口でいった。歩くスピードだけでなく言葉も早い。

「おれはまだ四期生の企画を見ていない。審査は隣にいる作家の直江《なおえ》に任せた」

「直江ダーク、二十五歳です。僭越《せんえつ》ながら、私が審査いたしました」

鬼太郎がおどけて頭を下げる。

ペンネームか。ダークとはまたインパクトのある名前をつけたな。合格を伝えるメールには最後に「直江」と書かれていた。あの人がメールをくれたんだ。

「直江、どうだった?」

「どれもおもしろかったですが、一つはずば抜けてましたねぇ」

「……楽しみだ」

韋駄が頬《ほお》をゆるめる。

おれの企画かもしれない。根拠のない自信が顔を出した。

「早速だが、送ってくれた企画をプレゼンしてくれ」

ドクン、と心臓が鳴った。

てっきり企画書を見るだけだと思ってた。プレゼンなんてしたことがない。

「ではでは、三列目の左の方から自己紹介を交えてお願いしまっす。座りながらで結構ですんで」

直江が緊張感のない声でいった。

おれは四列目の一番右だから最後。こんなプレッシャーをずっと抱えるのか。

プレゼンが始まった。

みんな堂々と発表していく。プライオリティーだのコンフリクトだの、よくわからない横文字が飛《と》び交《か》う。

だけど……なにかおかしい。その気持ち悪さは時間が経《た》つにつれて大きくなった。

つまらねえんだ。

みんな長く説明する割には結局どんな内容なのかよくわからない。

……おれがバカだから理解できてないのか?

韋駄は企画書を見ずにプレゼンが終わるたび「次」という。おれの番が迫ってくる。

おれの左にいる花史の番になった。

こんなに若いのに合格したんだ。見た目も挙動もおかしいし、もしかしたらすごいやつかもしれない。

いったい、どんな企画なんだ?
花史が口をパクパクさせた。声は出ていない。
口を閉じて、また開ける。けど、またパクパクさせる。
……なんだ?
みんなの視線が集中すると、花史はオロオロする。
「う……うう……」
泣き出しそうだ。
「ど、どうした?」
おれが問いかけると、花史に小声でいわれる。
……マジか。
その言葉を韋駄に伝えた。
「緊張すると、声が出なくなるそうです」
韋駄は表情を変えずに「次」といった。
花史はあからさまにショックを受け、ドーンとうなだれた。
可哀想だけど……しかたない。花史はライバルだ。ここで手を貸すのは間違ってる。
正々堂々と戦わないとな。
おれの番だ。

怖くなった。初めて本気でなにかに取り組んだ。それを否定されたら……おれには本当になにもないとわかってしまう。心臓が暴《あば》れる。

でも……やらないと進めない。後悔だけはしたくない。

腹から声を出す。

「大城了です。タイトルは、『遺恨ビンタ』！」

揉《も》めてガチで遺恨のある有名人同士が金網リングの上で対決する。

対決の手段は雑学クイズ。答えがわかったら挙手して解答、正解なら相手に文句をいってからビンタできる。ギブアップかレフリーストップで試合終了。合計四組が叩《たた》き合うことによってわかり合い、遺恨を解消する一時間の特番だ。レフリー役の芸人と、進行と実況とクイズ出題を担当する男性アナも出演する。

その内容をスパッと説明した。おれは難しい横文字も知らないし長く説明できるほどプレゼン慣れもしてない。おれの全力を出すしかないんだ。

プレゼンの時間は、ほかのやつらの三分の一もなかった。

「……以上っす」

韋駄は無表情のまま腕を組み、天井をあおいだ。

……なんだ？　そんなにまずかったか？　ダメすぎて説教されるのか？

だがそのとき、「おもしろそう……」という小さなつぶやきが隣から聞こえた。

花史がキラキラした瞳をおれに向けていた。

そして、

「採用」

そういった韋駄が口元をゆるませた。

四期生たちが唖然《あぜん》としながらおれに注目。韋駄天の先輩たちも目を大きくしておれを見ていた。その空気で、企画の採用率の低さがわかる。

「直江、大城の企画書」

韋駄がいうと、直江が手元にあった企画書を渡した。わけがわからないなりにも、死に物狂いで書いたおれの企画書だ。

「企画書もわかりやすい。プレゼンは誰にでもわかる言葉を使え。企画も短く伝えられるものほどおもしろい。プレゼンも企画も最もよかったのは大城だ」

韋駄はおれの企画書を上に挙げた。

「採用された企画はクライアントに見せる。企画が通れば番組に参加できる。使われるように頑張ってくれ」

そういって四角い腕時計をチラッと見る。カルティエだ。

「あとはやっといてくれ」

「了解です」

直江が小さく敬礼のポーズをする。

立ち上がってバッグを手にした韋駄は小さな目をおれに向けた。

「大城、よかったぞ」

「……うっす」

わけもわからず答えると、韋駄は少しだけ笑って颯爽と会議室を出ていった。緊張が解けたせいか、腹が小さく音を鳴らす。

そのあと、直江が四期生たちに今後のことを説明した。

週一の韋駄天会議では必ず番組企画案を出すこと、弟子たちのギャラはすべて月末に韋駄から手渡されること……たぶんそんな内容だった。

ほとんど頭に入らなかった。

おれは一流の放送作家に認められた現実を、必死に受け止めようとしていた。


「すごいですね、了さん」

会議が終わった瞬間、花史に尊敬のまなざしを向けられる。自分はボロボロだったのに心から嬉《うれ》しそうな顔だ。

「タメ口でいいよ。同期だろ?」

おれは得意げにいう。企画が採用されて自信がついた。もしかしたら才能があるかもしれない。

「じゃ、じゃあ……りょ……了くん」

頬を染めて恥じらう。背中がゾワッとした。

「あ、ああ……それでいい」

「了くん……あの……」

花史が握った右手をあごにあてて、もじもじする。

「その……あの……」

「は、はっきりいえよ」

「お……お腹《なか》、減ってませんか!?」


花史に誘われて月島にいった。

「いいのかよ。おごってくれるなんて」

路地裏を歩きながら、おれは花史にいう。

「はい。母さんの口癖《くちぐせ》なんです。助けてくれた人には恩返ししなさいって……一飯千金《いっぱんせんきん》の心は大切です」

「……そっか」

母親を大事にするのはいいことだ。

「ちなみに、一飯千金ってなんだ？　一攫千金《いっかくせんきん》の仲間か？」

「少しの恩義でもけっして忘れず、手厚いお返しをすることです」

そんな言葉があるのか。難しいことを知ってるやつだな。

しばらく歩き、その店に着いた。

軽く築三十年は超えてそうな木造二階建て。提灯《ちょうちん》とのれんには「もんじゃ文《ふみ》」と書かれている。

花史が戸をガラガラッと横に引くと、店員らしき女性がおれたちを見た。

やばいくらいのレベルの美女だった。

歳は四十前後くらい。あご先まであるボブヘアーで、まつげが長く気怠《けだる》そうな瞳。クールで妖《あや》しげな独特のオーラをまとってたけど、その容姿に似合わない服装をしている。黒いTシャツの上にカーキのエプロンをつけていた。

同じ服装をした女性店員もほかに二人いた。気の強そうなショートカットの女性と、おっとりとしたロングヘアー女性。彼女たちは三十歳前後くらい。ボブヘアーの女性ほどではないけど間違いなく美人だ。

三人とも細くて背が高くモデルみたいだ。もんじゃ屋には不自然すぎる。

見とれていると、最初のボブヘアーの女性が近づいてきて花史を抱きしめた。

「花ちゃん、おかえり～！」

クールな顔を崩し、自分の頬を花史の頬にぐりぐりとすりつける。

「ふぁ、ふぁらいま、文《ふみ》ちゃん」

頬を押しつけられて上手《うま》く話せていない。

「大丈夫？　怖くなかった？　最後までできた？」

顔を離した女性は高い声で問いただす。ペットのチワワにいってるみたいだ。

「うん、了くんに助けてもらったから」

花史がおれを見上げる。

女性も顔を上げ、さらさらの綺麗《きれい》な髪が揺れた。

「ぼくの同期、大城了くん」

「……ありがと、了くん」

色っぽい微笑みを向けられ、つい目をそらす。

「い……いえ」

いつの間にか女性店員二人も近くにいて、「花ちゃん、偉かったね」とか、「友達できたんだ」とかいいながら、花史の頭をなでる。

「……よかった」

とボブヘアーの女性が目に涙をためて息をもらした。

やけに若いけど、まさか。

「花史の……お母さんすか？」

おれがいったら、女性店員たちが笑った。

戸惑っていると、花史がいった。

「ぼくのおばあちゃんです」

「……ええっ!?」

おれはのけぞった。


店内が満席だったため、住居部分の二階でもんじゃを食べることになった。

居間の小さな仏壇を見たとき、おれは初めてそのことを知る。

花史が線香をあげて拝んだ。

「母さん、同期の了くんです」

おれも線香をあげさせてもらい、写真に向かって両手を合わせる。

「大城っす」

写真の女性は、笑顔でおれたちにピースサインを向けていた。

目元が文に似てるけれど、鼻と口元は花史に似ている。文のような色っぽさはなく、元気で明るい印象だ。

「四年前に亡くなってからは文ちゃんと二人暮らしです。でも、この帽子があるからさみしくないです」

花史はパンダの帽子を指さした。

「……形見なのか？」

「小学生のころに買ってもらいました。この帽子をかぶってるとき、母さんはいつも笑ってました」

そういえば、まだ一度もこの帽子を取ってない。よほど母親のことが好きなんだろう。

花史がホットプレートで焼いてくれたもんじゃは絶品だった。

もんじゃを食いながら、文がかつて「伝説の銀座Ｎｏ．１ホステス」だったことを花史から聞いた。二十年以上前にホステスを辞め、この店を始めたそうだ。

年齢は花史にも教えてくれないらしいが、花史の母親の母親だから、どんなに若くても六十歳前後……たぶん吸血鬼か波紋使いだ。

文のもとには今でもホステスたちがいろんな相談をしにくるという。女性店員たちのショートカットの朱美《あけみ》とロングヘアーの桜《さくら》も元ホステスだが、客として通ううちに文の優しい人柄に惹《ひ》かれて、ホステスを退職後にここで働きはじめたそうだ。

「不思議です。了くんの前だと緊張しません」

もんじゃを食いながら花史がいった。

いつの間にかおれとは普通に会話しているけど、他人と接するのは苦手そうだ。

「そんなに人見知りなのかよ?」

「はい。知らない人とは話せないし、一緒にご飯も食べられません」

今はパクパク食べてる。

「なんでおれとは話せるんだ?」

「……帽子が似合ってるといってくれたからかもしれません。母さんも、この帽子が似合ってるといつもいってくれました。母さんは、愛に満ちた人でした」

花史は嬉しそうだった。よくわかんねえけど、おれも嬉しくなった。

それから花史の部屋にいった。

おれは息をのむ。

十畳ほどの部屋の壁一面に、天井まである本棚が隙間《すきま》なく置かれていた。高い位置にある本を取るためのはしごもある。ほかの家具は部屋の真ん中にあるベッドだけだ。

本棚にびっしりと詰まっている本を、圧倒されながら見ていく。

小説、詩、画集、童話、専門書、絵本、漫画……ジャンルもわからない難しそうな本や、映画やアニメやドラマのＤＶＤもあった。それらがあいうえお順にきっちりと並べられている。お笑いのＤＶＤもあった。

「センターヒットのコントＤＶＤ、おれも持ってるぞ。ファンなんだよ」

「ぼくもです。小山田《おやまだ》ライトのボケが好きなんです」

「おれもだ。いいセンスしてんな」

テレビもノートパソコンも本棚に置かれていた。

本を一冊取ってみると、その後ろにもあった。手前と奥に二段重ねで置かれている。

「これ……何冊くらいあんだ？」

「六千二百五十三冊です」

即答した。

「お前……やばいな」

「なにか危ないですか？」

不安そうな顔で首を傾ける。

「すごいって意味だよ。褒めてる」

「ありがとうございます。『やばい』って表現……かっこいいですね」

嬉しそうにいう。

「そんなに本がおもしろいのか？」

「人間がおもしろいです」

おれは眉《まゆ》を寄せる。

「ぼくは自己主張が苦手なので、他人とわかり合うことが難しいです。でも、本の知識があれば役に立ちます」

昼間のことを思い出した。

「おれの地元と仕事がわかったのも……知識があったから？」

「はい。大城は沖縄県で三番目に多い名字です。Tシャツ一枚で日焼けもしてたし、段ボール箱の持ちかたで仕事もわかりました。ご飯に誘ったのも、了くんのお腹から小さな音が聞こえたからです」

驚いて声を失くした。

探偵みたいだ。こんなに本も好きだし、推理小説家にでもなればよかったのに。

「なんで放送作家を目指したんだ？」

花史は腕を組み、頭を傾ける。

「番組を企画すれば自己主張ができるのもありますが……人は多面的なものです。目的は一つとは限りません」

なにいってんのかぜんぜんわかんねえ。これだけ本を読んでたらこうなるのか。

「韋駄天に応募した理由は？」

「有名な番組をたくさんやってきた人なので、放送作家としての力をつけようと」

「なにしろ、『ゆかいな時間』のチーフ作家だからな」

韋駄は伝説の番組のチーフ作家だ。その理由で応募するやつも多いだろう。

すると花史は笑顔を消した。

怯《おび》えるでもなく、緊張するでもなく、今日初めて見せる影のある顔だった。

「あの番組は……大嫌いです」

「大嫌い？」

疑問には答えず、花史は顔をぱっと明るくさせる。

「了くんは、なんで放送作家になりたいんですか？」

花史の態度は気にかかったが、興味津々に訊かれたためにいった。

「青島志童って知ってるか？」

「……はい。日本一の放送作家です」

「あの人のインタビューを読んで、自分の可能性に賭《か》けてみたくなった」

「……青島志童みたいになりたいんですか？」

「二十代で超えたい」

普通に考えたら無理な話だ。でも、どうせなら思い切りやりたい。

「本気でやりたいから期間も決めた。無理だと思うか？」

「ぜんぜん」

花史は嬉しそうに笑った。

「でも奇遇ですね」

今までの花史と違って、自信に満ちあふれた顔をした。

「ぼくは、五年で日本一の放送作家になります」

当然のようにその言葉をいった。その未来を、まるで疑っていないように。

驚いた。

だけど、おれは笑わなかった。

「……なら、おれも五年で超える。つーことは、二人とも同じ目標だ」

「はい。一緒です！」

花史は小指を出してきた。

「約束です。二人とも日本一と呼ばれます」

おれは花史と指切りした。

おれたちは小学生みたいな約束をした。

笑いたいやつは笑えばいい。

おれたちの目標は、五年で日本一の放送作家になることだ。

#1「放送作家の見習いはつらいよ」

六本木通りの坂を下っていくと、西麻布交差点で手を挙げてぴょんぴょん跳ねているパンダがいた。

「了くん、了くん、ここです！」

トレードマークの帽子をかぶった花史と合流し、歩いて制作会社に向かう。

あれから一週間が経ち、今日は二回目の韋駄天会議だ。

「なあ花史、LINEにハートマークはやめろよ。恋人同士じゃねえんだからさ」

おれは歩きながらいった。

今朝、花史から【一緒に韋駄天会議にいきましょう♡】とハートマークがついたLINEが入った。

すると花史は、目をうるうるさせた。

「う……うう……嫌いになりましたか？」

「き、嫌ってねえって。ハートはやめろって話だよ」

精一杯優しくいう。

「……すいません」

と下唇《したくちびる》を突き出した。

人付き合いが苦手だから、他人との距離の取りかたがよくわかんねえのかもな。

まあ、おれと一緒にいながら学んでいけばいい。

「今日の会議は楽しみです」

花史は曇っていた顔を明るくさせた。

「なんで？」

「了くんの企画がどこかに通ってるかもしれないです」

「そんな簡単にいくかよ」

おれは小さく笑った。


十五時過ぎ、今日も会議室に颯爽と韋駄源太が現れた。

おれの胸が高鳴る。

花史にはああいったけど、本当は期待していた。

あの企画がクライアントに通ったら作家デビューだ。金も入るし、台本も教えてもらいながら書けるだろう。腕が上がれば青島志童に近づける。そんな淡い期待を抱いていた。

けどこの直後、おれは現実を思い知ることになる。

韋駄が席に座った。

「直江、企画書と……そうだ、中川《なかがわ》」

思い出したようにいうと、二列目に座っていた先輩が「はい」と返事をする。

「太陽テレビの刈谷《かりや》さんと仕事したのか？」

「……はい。特番に呼んでもらいました」

中川はなぜか怯えた声を出した。

「揉めてんだってな。刈谷さんから連絡がきた」

「揉めてるっていうか、ギャラをくれないんです。支払いを忘れてたとかで、次の機会に払うっていうから困りますって——」

「クビだ」

聞き間違いかと思った。しかし韋駄は念を押すようにまたいった。

「クビだよ。おれの顔に泥を塗りやがって」

吐き捨てるようにいった。中川は固まる。

……は？

たしか、テレビ番組はテレビ局員が中心になってつくってるんだよな？　おそらく太陽テレビの刈谷ってやつが、中川に支払いを忘れたってことだ。それだけでもおかしいのに、「次の機会に払う」ってなんだ？　すぐに払わなきゃいけないだろ？　それを抗議したから、師匠の韋駄に連絡して泣き寝入りさせようとしたってことか？　刈谷もおかしいけど……もっとおかしいのは韋駄だ。

師匠は弟子を守るものじゃないのか？　それどころか……クビ？

いや、その前に韋駄はなんで中川の話すら聞こうとしない？

納得できずにいると、中川が立ち上がった。そして韋駄に「お世話になりました」と小さくいって出ていった。

おいおい……たったこれだけで師匠と弟子の関係が終わりかよ？　師弟ってのは愛とか絆《きずな》とかで結ばれてるんじゃないのか？　なんなんだよ、この集団は？

呆然《ぼうぜん》としていたら、

「直江、企画書と台本」

韋駄は何事もなかったようにいった。

直江は立ち上がり、韋駄の前に大量の紙をどさっと置く。

「お願いします」

韋駄はそれを見ながら、先輩たちに修正指示を出していった。

その光景はやばかった。

技術がすごいという意味じゃない。そんなものはどうでもよくなるくらいに、人格がやばかったんだ。

「このバカが！」

「何年やってんだ！」

「お前には才能がない！」

「もう辞めろ！」

「死ね！」

死ね！　死ね！　死ね！　死ね！　死ね！

死ね！　を五十回以上は聞いた。

大声でこき下ろしながら異常な早口でダメ出ししていく。先輩たちは「すいません」と、必死にメモをとっていく。

韋駄は苛立《いらだ》つと右手で机を叩いた。つけていた指輪が机に当たると、ガツンッ、と金属音が鳴った。座りながら地団駄を踏むと、ドンッという重低音が鳴った。

ガツンッ、ドンッ、ガツンッ、ドンッ、ガツンッ、ドンッ。

日常では絶対に聞かない異常な音が、怒鳴《どな》り声《ごえ》と一緒に響き続ける。

隣に座っていた花史は「うう……」と怯えた顔をして両手で耳をおさえていた。

韋駄源太のイメージが覆《くつがえ》った。一流の放送作家は人格も優れていると思っていたが、そうじゃなかった。弟子への愛情なんて一ミリも感じられない。それどころか、弟子たちを使って自分の腹にあるいろんな怒りをぶちまけているように見えた。

唖然としていたら、「大城」と韋駄に呼ばれる。

「はい」と反射的に返事をした。

「あの企画を局のプロデューサーが気にいった。一ヵ月後の深夜枠で放送される。今からいうように企画書を直せ」

早口でいわれる。

あの企画が放送される？

直せって……プロの修正が入ってもっとおもしろくなるんだ。

韋駄が口を開く。

喜ぶとか感動する暇もなく急いでメモをとった。

その修正指示とは、出演する全四組を仲のいい有名人同士にし、くだらない遺恨を解消させるお笑い寄りの内容にすること。そのほうが出演承諾を取りやすいし、プロデューサーがお笑い好きだからという。

初回の会議は明日の十五時。それまでに遺恨を抱えている有名人たちを調べて会議に出せ――ちょっと待て。

おれの指が止まった。

それだと……ガチで遺恨を抱えている有名人同士を和解させるという企画が変わる。

「おれの企画が変わります」

無意識にいっていた。

すると、韋駄はメガネの奥の小さな目を丸くした。

そして鼻で笑った。

「なんか勘違いしてねえか？」

会議室が静まり返る。

……勘違い？

「放送作家は、作家じゃねえんだよ」

おれは絶句する。その言葉は、おれの根っこを大きく揺らした。

「……どういう意味すか？」

「テレビは局員がつくってる。放送作家の仕事は局員の手伝いだ。生き残りたけりゃ、クライアントの犬になれ」

テレビは局員が中心になってつくってることくらいは知ってる。局員が制作会社のディレクターやフリーの放送作家とかを雇ってるんだ。けど、

「犬って……おれらしさはどうなるんすか？」

また鼻で笑われる。

「そんなもん見せたいなら小説家か脚本家になれ。放送作家には邪魔だ」

……なにいってんだ？

放送作家はテレビの企画をつくるんじゃないのか？　才能を生かせるんじゃないのか？

おれらしさを見せられるんじゃないのか？

混乱するおれに、韋駄は追い討ちをかける。

「嫌ならここを辞めろ。それとも、逃げんのか？」

全身がカッと熱くなり、本能が反応する。

「逃げないっすよ！」

ナメんなよ。逃げたことなんて一度もねえよ。いつだって一人で戦ってきたんだ。

直江が微笑しながら間に入った。

「大城くん、一緒に仕事する仲間を一人だけ選んでください」

理解できずにいると、直江が続けた。

「放送作家は仕事に誘われる能力も必要。韋駄天では、企画を通したら仲間を一人だけ誘えるんです」

仲間に好かれるほど、仕事をもらえるってわけか。

でも急にいわれても……まだ誰とも親しくなってないんだ。

と、左隣から熱視線を感じる。

花史がキラキラした瞳でおれを見ていた。選ばなかったら絶対に泣く。

「……乙木花史を」

花史は、ぱあっと表情を輝かせた。

韋駄は意外そうな顔だ。プレゼンもできないやつをなんで選ぶのかと思ったのだろう。

「台本は直江が書け」と韋駄がいうと、「はい」と直江が答えた。

「影山《かげやま》、今日は議事録をすぐに送れ」

「わかりました」

二列目に座っていた、覇気がなくやたらと顔色の悪い先輩が答えた。影山は会議中にずっとパソコンを打っていた。

韋駄は腕時計をチラッと見て立ち上がり、

「あとはやっといてくれ」

直江にそういって、会議室を颯爽と出ていった。

おれの企画が変わる。

納得できていない。

企画を決める権限は局員が持ってる。だからプロデューサーの好みに合わせるのはわかる。一ヵ月以内にガチで遺恨を抱えている四組もの有名人に出演承諾をとるのも難しい。

けれど、胸騒ぎがする。企画を変えてはいけない気がする。

この気持ち悪さはなんだ？　……説明できない。

ずっと頭を使ってこなかったおれは、その気持ち悪さを言葉にすることが、どうしてもできなかった。


会議が終わったあと、メモ帳を見つめる。

韋駄の修正指示があまりにも速すぎて、すべてはメモできていない。

ただ、先輩たちは慣れているから把握できているはずだ。

「影山さん、修正のことで訊きたいんすけど」

おれは声をかけた。影山は韋駄に議事録を送れといわれていたし、ぜんぶ把握しているはずだ。しかし、

「聞いてなかった」

影山は冷たくそういって会議室を出ていった。

「……は？」

それならと、ほかの先輩たちに訊いたけど同じだった。無表情で「用がある」とか「急

いでる」とかいって、どんどん帰っていく。

会議室に残ったのは、おれと花史と直江だけになった。

あんな早口をメモできていないだろうと思いつつも、おれは花史に訊く。

「花史……修正指示のメモとれてるか？」

「とってません」

「だよな……」

「ですが、頭の中に入ってます」

「マジか⁉」

花史は修正箇所を丁寧に教えてくれた。本当にぜんぶ覚えていた。なんでこんなことができるんだ？

「間に合ったぁ……」

直江が座ったまま両手を上げて伸びをする。そしておれたちを見た。

「台本の締め切りがあって。企画書の直しだっけ？」

おれが先輩たちに話しかけていたことに気づいていたようだ。

「花史に聞いたんで、なんとかなりそうっす」

直江は「へえ」と感心しながら花史を見たあと、

「わかんないことがあれば訊いてね」と、白い歯をこぼした。

この人はほかの先輩たちとは雰囲気が違うな。

それなら……訊けることは訊いといたほうがいいかもしれない。

「韋駄天って、どんな集団なんすか？」

驚いた顔をされた。

自分の面子《メンツ》を守るために簡単に弟子を切り捨てる師匠。

死ねと連呼しながらダメ出しするだけでなにも教えない方針。

困っている後輩に手を差し伸べない冷たい先輩たち。

努力が嫌なわけじゃないけど、本気でやるなら無駄な時間を使いたくない。ここにいてもいいかどうかは早いうちに判断したい。

「了くんには才能があるね」

直江が感心するようにいう。

「……なんでですか？」

「普通の新人はのまれるけど、韋駄天さんにストップをかけた。勘もいいし度胸もある」

……そうか？

「花史くんもだ。あれだけ速い韋駄さんの修正指示についていった」

花史は恥ずかしそうにおれの背中に隠れた。直江にはまだ人見知りしてる。

「二人とも見込みがあるな」

直江は腕を組み、興味深そうにおれたちを見つめる。

そして顔を上げた。

「いいよ、教えてあげる。韋駄天は、韋駄さんの奴隷なんだ」

「奴隷？」

「韋駄さんは弟子に技術を与える。といっても、罵倒《ばとう》するだけで教えてくれない。しかも、弟子たちのギャラをピンハネしてるんだ。どれくらい抜くと思う？」

弟子のギャラをとってるのか？　予想より多そうだけど……。

「六割？」

「八割」

直江の言葉を聞いたおれは口をあんぐり開ける。

「深夜レギュラーで一オンエア四万が出ても弟子には一万、ゴールデン特番で三十万が出ても弟子には六万しか入らない」

人気作家はレギュラー十本っていうから若手だと二、三本で多いほうか？　深夜レギュラーを二本やっても……月収八万。

「食ってけるんすか？」

「食ってけない。だからみんなバイトもしてる。しかも韋駄さんの企画書や台本を書いても一円も出ない。韋駄天の仕事は、ほとんどがこのタダ働きだ」

さっきダメ出ししてたやつだ。韋駄の仕事を代わりにさせることで仕事を覚えさせてるってことか……ちょっと待てよ。直江はたぶん一番弟子だ。

「直江さんは、韋駄さんの台本をどれくらい書いてんすか?」

「週に二十本」

声が出なくなる。おれはたった一枚の企画書に一週間もかかった。

「四年もやったから、おれの台本はほとんど直されない。こういう手駒《てごま》になる弟子が増えるほど、韋駄さんは担当番組を増やせる」

「……弟子に書かせるから、仕事の時間を短くできる?」

考えながらいうと、直江はうなずいた。

「企画案も出させるから企画も量産できる。ちなみに、了くんの企画も韋駄さんが考えたことになるよ」

「マジすか⁉」

「マジっす。君たちは番組に必要な情報を調べるリサーチャーとして特番に参加する。見習いはリサーチと企画書を書きながら仕事を覚えるんだ。台本を書かせてもらえるのは……一年後くらいかな?」

罵倒されながら仕事を自分で覚えて、台本を書けるのは一年後。その間、ほとんどタダ働きでまともに生活もできない。

「韋駄さんはブランド品を着てポルシェに乗り、年収一億円を稼いでる。でも実際は、韋駄天のマンパワーがあるから稼げるってわけ」

「そんなの理不尽じゃないすか！」

気づけばさけんでいた。

直江は椅子に寄りかかり、軽くため息をついた。

「だよねえ。けど、そんな業界なんだよ」

おれは眉をひそめる。

「特別なコネがないやつは弟子になるか作家事務所に入る。ここは特にひどいけど、構造は似ているところが多い。なにも持ってないやつらは耐えるのが普通なんだよ。君たちだって、なにもできない今辞めても誰も使ってくれない」

それが当たり前の世界ってことか。疑問が湧いた。

「直江さんにはもう技術がありますよね。独立しないんすか？」

ここにいる目的は「腕を上げて独立する」しかない。

直江は口元をゆるませる。

「おれね、大学生のころに芸人の養成所に通ってたの」

意外だ。どっちかというと俳優のイメージなのに。

ふと思った。

「だからダークなんすか？」

　直江はうなずく。

「そのときの芸名」

「なんで作家になったんすか？」

「……遅かったんだよ」

　おれが顔をしかめると、直江は少し笑った。

「まあ、才能がなかったってこと。それでもテレビが好きだから作家になったんだけど、少し前に青島志童のいる企画会議に出てね」

　青島志童。おれの憧れでもあり、超えたい男だ。

「……どんな人でした？」

「突き抜けてた」

　直江はカラッと笑った。

「発想が人外って感じで、何年やっても追い越せないと思った。韋駄さんを見ててもそう思う。芸人としてダメでも放送作家ならと思ってたけど、どこの世界にもすごいやつはいるんだ」

　青島志童の力を見たことで、やる気が落ちているのか。

　けど……おれは青島を超えたい。こんなところでモタモタしていたくない。

「もっと早く上がるには、どうしたらいいすか？」

「上がる？」

「放送作家として早く活躍したいんです！」

直江は少し驚き、微笑む。

「いったよね？　みんな耐えてる。それが普通の業界――」

「おれたちは、日本一の放送作家になりたいんです！」

直江は目をまん丸くする。花史は楽しそうに目をキラキラさせた。

「バカなおれにはなにもできないと、勝手に人生を諦めてきた。生きてる実感がないゾンビみたいだった。でも、初めて本気でなにかに挑戦しようと思った。今はとにかく、この情熱を燃やしたくて、ウズウズしてるんすよ！」

業界の常識に付き合ってる暇なんてない。

おれは立ち上がった。

「だから……もっと早く上がる方法を教えてください！」

おれが頭を下げると、花史も慌てて立ち上がった。

「お……お……お……」

声を出そうとするが出ない。慣れてない人が一人でもいるとこうなるのか。

オロオロした花史は腰を直角に曲げてお辞儀した。

直江はしばらく面食らった顔をしたあと、声をあげて笑った。

おれたちはぽかんとする。

「ごめん」と直江はいった。

「バカにしてるわけじゃないんだ。笑いは驚きだ。予想もしてなかったことが起こると人は笑うんだよ」

そういって目尻《めじり》の涙を拭《ふ》く。

「でも、熱意は伝わった……わかった。おれがお世話になってる演出家がいる。フリーだけど優秀でね、作家を雇う権限も持ってるんだ」

不敵な笑みでおれたちを見つめる。

「君たちを推薦してもいい。その人に気にいられたらほかの仕事にも誘ってもらえるし、早く仕事を覚えられる」

「……本当ですか⁉」

ここにいるよりは遥《はる》かに早く上がっていけそうだ。

「ただし、作家として力がないと推薦もできない。その人は『遺恨ビンタ』の演出もやる。君たちが台本を書いておもしろい番組になったら、台本は君たちが書いたと伝える。それなら推薦しやすい」

でも、おれたちは台本も書けない。

「おれたちの力じゃ……」

「おれが教える。『遺恨ビンタ』の台本も、ほかの仕事もね」

さっきまでの話を聞いてると、普通ならありえない。みんな仕事は苦労して見て覚えてるんだ。なんでこんなによくしてくれるんだ？

……けど、おれはこの人の優しさに頼るしかない。

「いいんすか？」

「うん」

直江は優しく笑った。

その笑顔を見たとき、この人を信用していいと思った。


翌日、直江とおれと花史は六本木の太陽テレビにいった。

会議室に入ると二人の男がいた。直江はその男たちにおれと花史を紹介した。おれたちは名刺交換する。

その一人が直江のいってた演出家、植田哲也《うえだてつや》だった。

歳は三十代前半くらい。フリーだからおれたちと同じでテレビ局に使われる身だ。短髪で背が高く、物腰の柔らかい色男だった。

植田は名刺交換したとき、

「おもしろい企画があったら気軽にメールしてよ」

と爽《さわ》やかに笑った。感じのいい人だった。

まずはこの一ヵ月で、仕事ができると植田に証明することが、おれと花史の目標だ。台本だけじゃなくほかの仕事もできるとアピールしたい。

もう一人の名刺を見たときに驚いた。

太陽テレビのプロデューサー、刈谷一《はじめ》と書かれていた。

韋駄天の先輩にギャラを払わなかったやつだ。

歳は四十代後半くらい。刈り上げた短い白髪、水色のジャケットを着てネックレスをつけたチャラそうな男だった。

刈谷は名刺交換したとき、

「韋駄ちゃんの新しい弟子か。今度はいつまで持つかねぇ」

とため息をついた。感じの悪いやつだった。

深夜一時間の小規模な特番だからスタッフは少人数。あとは植田の下につくディレクター一人とAD一人しか参加しないという。その人たちは来週から会議に参加する。

構成は韋駄と直江、おれと花史がリサーチャー。おれたちは遺恨のある有名人たちを調べて会議に提出する。それに、次回からは展開案の紙を勝手に出す。やる気があることをアピールしたほうがいいと直江にいわれた。

おれと花史はプリントアウトしてきたリサーチ資料を配る。韋駄天の下《した》っ端《ぱ》はこうした仕事もしないといけない。

昨日の夕方から朝まで、花史と寝ないでくだらない遺恨を抱えている十組を調べた。

「韋駄は前の会議が押してて遅れるそうです」

席についた直江がいった。

「相変わらず忙しいなあ。このメンバーで始めますか」

刈谷がいった。

おれはホワイトボードの前に立つ。会議の発言をここに箇条書きする。花史には会議前に「おれがやる」と伝えていた。緊張で指が震えて書けなくなったら困るからだ。

「センターヒットの小山田、仕込めたよ。忙しいけど刈谷さんの番組ならぜひって本人にいわれてさ」

刈谷が植田に得意げな顔をする。

おれはホワイトボードに「小山田、出演ＯＫ」と書いた。

センターヒットは身長百六十センチの加納《かのう》レフトと身長百九十センチの小山田ライトのお笑いコンビだ。

小山田のわかりにくいボケを加納がいち早く解説するように突っ込むことで、観客はボケの意味を理解して笑う。芸術的なボケをする小山田の相方を務められるのは、抜群のタイミングで突っ込める加納しかいないだろう。まだ結成四年目だが、数ヵ月前に有名なお笑いコンテストで準優勝し売れっ子になった。

おれは企画書のレフリー案に小山田の名前を書いていた。

ネタは高度だが、素の小山田は素朴で真面目、情に熱くて涙もろい。ガチで遺恨を抱えた二人が和解する企画にピッタリだと思っていた。

今や涙より笑い中心の企画になったけど、小山田には笑いのセンスがある。出演の承諾を得られたことは大きい。

「小山田を使って、どんな笑いがとれるかな?」

刈谷が難しい顔をして腕を組む。韋駄がいってた通り、お笑いが好きなようだ。

「小山田は元柔道部だから、クイズの前に摑み合いを始めた出演者たちを投げて止めたらどうです?」

すぐに直江がいった。

「それ、四組ぜんぶにできるね。技の種類は毎回変えて、『今度は内股《うちまた》だぁー』って実況アナにいってもらって」

植田が素早く返す。

「ライフセーバーの資格も持ってるから、ビンタ食らって倒れた出演者に人工呼吸もしましょうよ」

「ははっ、心臓マッサージもして。あっ、投げられたのにそれでも出演者たちが摑み合って、また止めようとした小山田に出演者たちが厳しいこといってもいいな。そのたびに小山田が悲しそうな顔するの」

「たしか、彼女に六回連続でフラれてるってインタビュー記事で見ました。それいったらどうですか？」

直江の言葉を聞いた植田が「いいね」といいながらスマホを見る。

「それとは違う記事だけど、加納は二人目の相方なんだね。前に組んでた『夜空の星』ってコンビの相方にも『腕がないお前と組んでても将来が見えない』って一方的にフラれて今でもトラウマらしいよ。コンビも恋人みたいなもんだし、彼女の話と合わせられるな」

どんどん意見が出てきてホワイトボードに書くので精一杯だ。自分のアイデアなんてとても出せない。話のスピードについていけない。

なんで台本を書けるようになるまでに一年かかるのか少しだけわかった。おれはまだ、テレビをまったくわかってないんだ。

たった一ヵ月で、おれたちは植田に認めてもらえるのか？

刈谷が口を開いた。

「いろいろできそうだね。やっぱりガチはいらないな。おれ、笑いが好きだから。本気で揉めてたら出演交渉も面倒だし」

満足げな顔をすると、花史に顔を向けた。

「パンダくん、ノッポくんの隣に立って」

刈谷にまだ人見知りしている花史はオロオロしたがすぐに立ち、トコトコとおれの隣まで歩いてきた。

そして刈谷は、予想していなかったことをいった。

「ノッポくん、パンダくんをビンタして」

「……はい？」

「そもそも論、ビンタっておもしろいのかなって。シミュレーションしたいんだよ」

状況を理解した花史が不安げな顔をする。

おれは愛想笑いをして、

「おれがやられますよ」

「それじゃ笑えないでしょ？　パンダくんのビンタは痛くなさそうだから」

わかってないなあ、というふうに眉間《みけん》にシワを寄せられた。

花史がオロオロする。

「そんじゃ、ここは演出がビンタされます」

植田が立とうとする。

一瞬ほっとするが、刈谷が肩をおさえて止めた。

「若い子がやらなきゃ。おれのＡＤ時代はもっとひどかったよ？　こういうことして社会の厳しさを学んで成長するんじゃん」

刈谷は楽しげにいう。

予想以上のクソ野郎だな。自分がされて嫌だったことを次の世代にもやるなよ。お前の世代で止めなきゃいけねえだろ。

「う……うう……」

花史が目に涙をためる。

……どうする？

軽くやったらもう一回やれといわれるだろう。直江がいっていたように笑いは驚きだ。びっくりするほど強く叩かないと笑えない。

「早くしてよ」と刈谷が苛立つ。

本気でやったら花史は泣いちまう。絶対に叩けない。じゃあどうする？

切り抜ける方法を考えろ。考えろ――。

バチン！

会議室に大きな音が鳴り響き、おれの頬がじんじんと痺《しび》れる。

「この、でくのぼうが！」

フルスイングでおれの顔をビンタした直江がさけんだ。

会議室が無音になり、ここにいる全員がフリーズして驚いている。

刈谷が吹き出した。声をあげて大笑いする。

植田も大袈裟《おおげさ》に笑う。直江も腹を抱えてオーバーに笑った。花史だけが泣きそうな顔でおれを見ていた。

「大城がトロトロしてたから、ついやっちゃいました」

直江が笑いながらいう。

「笑えるね。よくわかったよ」

刈谷が満足げにいった。

おれは直江に「あざす」と小声でいう。

直江も小声で「いえいえ」といって、席に戻った。


直江と花史とおれは太陽テレビを出た。

「了くん、大丈夫ですか？」

と花史がおれに耳打ちし、心配そうな顔をする。

「ああ。それより……葦駄さんはこなかったっすね？」

隣を歩く直江にいった。

「ずっとこないよ。深夜だしギャラも安いし。葦駄さんは最終台本と編集した映像をチェックするくらいかな」

仕事は二回だけ？　おれたちは一ヵ月間も働き続けるのに。

「刈谷さんに文句いわれないんすか？」

「葦駄さんクラスだとねぇ。会議に出るだけで一本二十万のレギュラーもあるから」

「に……二十万⁉」

「ゴールデンの予算の多い番組ね」

月に四回オンエアされると八十万。十本やれば月収八百万。これだけで……年収九千六百万だと？

「刈谷さんには大きな番組をやる力はないし、仕事を切られてもいいと思ってるよ」

葦駄にとってはどうでもいい番組なんだ。

だけど……おれにとっては初めての担当番組だ。直江には相談しといたほうがいいかもしれない。

おれは曇った顔でいった。

「『遺恨ビンタ』……成功しますかね？」

直江がおれを見る。

「スベる気がするんです。自分の企画が変わったのが嫌なんじゃなくて……つまらなくなりそうな。でも、その理由がわからないんです」

直江はおれをしばらく見つめて、

「了くんだけが最高の形を知ってるのかもね」

「最高……すか？」

「おれは韋駄さんと違って、放送作家には作家性が必要だと思ってる。この企画は了くんが生んだから、最高の形が無意識に見えてるかもしれない」

心の奥底ではわかってるってことか。じゃあ、その最高の形はなんだ？

お笑い寄りにするのが嫌なのか……いや、笑いはあっていい。

最初は全組をガチにするつもりだった。和解させて泣ける番組にしたかったのか……それも違う気がする。

「……見えないっす」

顔をゆがめると、直江は微笑した。

「自分の背骨を見つけなよ」

「背骨？」

花史が耳打ちし、無邪気な笑みを見せる。

「背中の骨です。人には三十三個ありますって……そういう意味じゃねえだろ」

おれが突っ込むと、直江は軽く笑った。

「自分は放送作家としてどんな企画をつくっていきたいのか。それがわかってれば、理想の形も見えやすくなる」

自分らしさってことか。直江は韋駄とは正反対のことをいってる。おれもこっちの考えかたが好きだけど、

「最高の形が見えたとしても、クライアントの好みと違ったら却下されますよね？」

「そんなときもある。ただ、本当におもしろければだいたい採用されるよ。おもしろそうなら味方が増えるから。これ、テレビ制作の常識ね。韋駄さんは反対するだろうけど」

「……自分がおもしろいと思うものをつくるしかないってことすか？」

「うん。そこはどんなクリエイターでも同じじゃないかな」

クライアントを優先するか、自分のおもしろさを優先するか……どっちが正しいんだ？

「さてと」と直江が伸びをする。

「今日から特訓を始めます。おれが担当している三本のレギュラー番組と、韋駄さんに頼まれる企画書とリサーチも手伝ってもらう。そうすれば『遺恨ビンタ』に出す展開案のイメージも広がっておもしろくなる」

「はい」とおれがいうと、花史も大きくうなずいた。

「了くんの家ってどこなの?」

「六本木です」

上京した日、六本木七丁目のマンションを契約した。築五十年の六畳ワンルームで家賃六万円。三階のおれの部屋からは六本木ヒルズが見える。仕事相手からテレビ局に呼び出されたらすぐにいけるように、どんなにボロくても都心に住みたかった。

「そこで合宿だ。花史くんもいいかな?」

花史に耳打ちされ、おれは代弁する。

「はい。了くんの番組を成功させたいです。文ちゃんが心配するので電話します」

花史はスマホで電話をかけた。

どうやら外泊するのは初めてだったようで文が異常に心配していたため、結局おれが電話を代わって説明し了承をもらった。


それから毎日、直江の仕事を手伝った。

直江は厳しかった。

短い締め切りを決めておれたちに企画書や台本を書かせた。はじめは下手くそなものを見せたくないため筆が止まり、締め切りを守れなかった。書いたものをダメ出しされると自分が全否定された気分になった。自分がとんでもないダメ人間に思えて書くことが怖くなった。

それでも、直江は次々と仕事を振って、さらに締め切りを短くしていった。

「とにかくやるんだ。なにも考えずにやるんだ」

何度もそういわれた。おれたちにまず必要なのは、型を覚えることだという。

企画書も台本もナレーションも何通りもの型がある。企画のつくりかたも同じだ。それを覚えることでエンターテイメントの基礎を学べるという。それはとにかく量をこなさないと身につかないそうだ。

ある日、西麻布のラーメン屋台でひどく酔っぱらっていた直江に訊いた。

「なんでここまでしてくれるんすか?」

「おれもいつの間にか、この業界でゾンビになってたから。なにも考えずにキラキラしている君たちを見たら、昔の自分を思い出して応援したくなった」

「どうして……ゾンビになったんすか?」

「最初はやる気があったんだ。元芸人らしい笑える企画をつくりたかった。けどある日、会議で韋駄さんを見て勝てないと思った。だから弟子入りしたんだけど、韋駄さんに振られる大量の仕事をこなすために、自分のおもしろいと思うことを捨ててありがちな型通りのものをつくるようになった。そのうち妥協するのが癖《くせ》になって、モチベーションも意思も失った。一度ゾンビになったら人間に戻るのは難しいんだよ」

「……そうなんすか」

「んで、青島志童を見たら完全にやる気をなくしたってわけ。それでも辞めなかったけどね。意地があったから」

「意地？」

直江はおれの肩を抱いた。

「とにかく、君たちを見てまたやる気になった。君たちには、自分を殺すためじゃなく出すために型を覚えてほしい」

だからおれたちに背骨の話もしたという。正直おれには難しくてよくわかんなかったけど、その真剣な顔を見て忘れたらいけないと思った。

ほかにもやることは山ほどあった。まずは韋駄の仕事だ。

毎週一回の韋駄天会議と、そこに出す企画案や韋駄に振られるリサーチ。提出したものの完成度が低いと「死ね」と怒られた。花史は相変わらず声が出せなかったから、韋駄に一度も企画を見てもらえなかった。

「遺恨ビンタ」の仕事も苦労した。

刈谷は韋駄と違うタイプのクソ野郎だった。リサーチを振られて何時間も調べた資料を会議に出しても、「やっぱりいらない」と目を通さなかったり、資料を見て気に食わないと「給料泥棒だね」と呆《あき》れ顔《がお》をしたり、「いつも汚い格好だね」などとバカにしてきた。自分のやりたい内容もコロコロ変わるから台本の直しも大変だった。

間違いなく、これまでの人生で最もキツい毎日だった。

けれども、どこか楽しかった。こんなにも自分をさらけ出して、毎日必死に生きるのは初めてだったから気持ちがよかった。

それに、どんどん腕が上がっていくのも嬉しかった。直江が丁寧に教えてくれたからだ。台本の書きかただけでも、いろんなことをいってくれた。

「ツカミ、フリ、オチ、フォロー。これはどんな台本も同じだ」

「悩んだら飛ばして進める。最後まで書けば答えが見つかる」

「台詞《せりふ》を声に出してみて。どれだけ不自然かわかるよ」

「完成したらプリントアウトして読むんだ。客観的になれて改善点がわかる」

「文字は少なく、初見の人もすぐ理解できるように。ぐだぐだ長くてわかりにくいと、読む人にうんざりされるよ」

植田は「遺恨ビンタ」の台本を見て「おもしろいね」とよくいった。おれたちが書いているとはまだ知らなかったが嬉しかった。おれと花史の出した展開案も植田に褒められることが増えていった。

いつも三人一緒なのも楽しかった。

夜中に韋駄から電話がかかってきて「今から企画書を書いてテレビ局に持ってこい」といわれ、三人でタクシーの中でノートパソコンを開いて企画書をつくった。

屋台のラーメンを食べながら、韋駄や刈谷の悪口をいった。

おれの部屋でどでかいゴキブリが飛んだときは、三人で悲鳴をあげて外に逃げ出した。

おれと花史が台本を書きながら寝落ちしたときに、直江にマジックで顔に落書きをされた。直江は目覚めたおれたちの顔を見ながらケラケラと笑っていた。

直江と花史がいればどんなキツい仕事もやり抜ける。そう思えるほど二人の存在は心強かった。この最低で最高な全力で生きる日々を、きっとおれはいつまでも忘れない。

直江と花史の笑顔を見ながら、そう思った。


そうして四週間が経ったころ、太陽テレビで最後の「遺恨ビンタ」の会議に出た。

収録は三日後のため、会議では台本の構成を細かく決めた。おれたちが直した台本を小山田の事務所に送って問題がなければ最終稿になる。

事務所から修正依頼がくることもあるそうだが、女優やアーティストや大物タレントの場合がほとんどで、若手芸人が文句をいうことはほぼないそうだ。

失敗しそうな気持ち悪さはまだあったけど、今の枠組みではベストの台本になった。

会議が終わり、直江とおれと花史が廊下に出ると、

「ノッポくんとパンダくん」

後ろから刈谷に声をかけられた。

「明日の朝までにハワイの人気スポットを調べて。知る人ぞ知るみたいなところ」

……ハワイ？

最終の構成はさっき決まった。ハワイの情報を使うところはない。

「『遺恨ビンタ』のリサーチすか？」

おれが訊くと、刈谷は「違うよ」と苛立った。

「今度の休みにハワイにいくから。また番組に呼んであげるからさ」

面倒そうにいう。

こいつのプライベートのためのリサーチ？　なんでそんなことしなきゃいけないんだ？

怪訝《けげん》な顔をすると、逆に不機嫌な顔をされた。

「あのさぁ、君たちみたいなのが、局員にこういってもらえるのは幸運なんだよ？」

君たちみたいなの……？

この四週間、こいつにどれだけ振り回されたか。

ふつふつと怒りが湧《わ》き上《あ》がり、つい拳を握る。

しかし。

「すぐにやらせます」

直江が敬礼のポーズをすると、刈谷の顔がゆるんだ。

「直江ちゃん、ちゃんと教育しといてよ」

「すいません」

直江は申《もう》し訳《わけ》なさそうに笑う。

納得できずにいると、刈谷が廊下の先を見ながら大きく頬を上げた。

「小山田さぁん」

視線の先をたどると、私服姿の大柄な男とスーツ姿の男が歩いてくる。

大柄な男は、センターヒットのボケ、小山田ライトだ。

刈谷は小山田に歩み寄っていき、

「このたびは番組出演、ありがとうございます」

お辞儀をした。

けど、小山田は困惑の表情を浮かべている。誰かわかってないようだ。

スーツの男が小山田にいった。

「前に特番でご一緒した刈谷さんだよ。ほら、今度も営業が一件飛んだから代わりに仕事を入れたろ？」

マネージャーのようだ。小山田ははっとして、

「『遺恨ビンタ』の……すいません」刈谷に深く頭を下げた。

「企画書は目を通してますので」マネージャーがフォローする。

刈谷の番組だからぜひって話じゃなかったのか？　顔も覚えられてねえだろ。

「い、いいんですよ。あの特番はチラッとご挨拶しただけだったし……ちょうど今、そこで会議をしてたんです」

刈谷が媚《こ》びた笑顔のまま、おれたちを見た。

小山田もおれたちをじっと見る。有名人に見つめられるのなんて初めてだ。値踏みされている気がしてつい目をそらす。直江も目をそらしていた。

「『遺恨ビンタ』の作家の弟子たちです。歳は小山田さんとそう変わらないと思うのですが、雲泥の差っていうか」

よいしょするためにおれたちが使われた。気持ちいいくらいの小物だ。

マネージャーが腕時計を見る。

「すいません、次の現場に向かってまして……」

「お見送りします」

刈谷が小山田とマネージャーを先導する。

「小山田さん通るから、どいて！」

おれは刈谷に胸をドンッと押されて壁に追いやられた。小山田とマネージャーは、おれたちに会釈をして通り過ぎた。


「なんでハワイのリサーチなんか引き受けたんすか？」

太陽テレビを出ると同時に、直江に怒りをぶつける。

「こないだハワイの旅番組をやったから。その資料を送ればいいよ」

涼しい笑みを浮かべる。

そういうことか。おれたちは働く必要はない。だけど……納得いかない。

「おれ、おかしいすかね？」

煮えきらないままいった。

「無意味にヘコヘコしたり愛想笑いしたりもしたくない。でも、ほかの見習いは何年もこんな扱いされるのが普通なんすよね。それをおかしいと思うおれが間違ってるんすか？」

韋駄や刈谷といると、「どんなことも我慢するのが当然」という空気にのみ込まれそうになる。

「間違ってないよ。おれはそんな素直な了くんが好きだし。花史くんは？」

花史は澄んだ瞳で大きく何度もうなずく。

「ただね、肩書きだけを見るやつは大勢いるんだ。そいつらも、仕事ができる人間には一目置く」

……そうだな。まずは仕事を覚えないといけない。そうしないとナメられるこの世界はクソだけど、今はそうするしかない。

「……はい」

そのあと、直江にいわれて台本にある小山田の台詞を少し変えた。

これまでも直江は、小山田がおもしろい芸人に見えるように徹底的に修正指示を出していた。その指示は的確で、小山田ライトという芸人の特性を知り尽くしていた。

特に印象的だったのは、「ボケを書くなら絶対にスベらせるな」ということだ。

台本にボケを書くと、芸人は別のボケをすることもあれば、指示通りのボケをすることもある。台本につまらないボケを書くと、小山田が制作スタッフに気を遣って採用したらスベる。おれたちはいいけど、芸人には汚点として残るんだ――そういっていた。

元芸人だけあって、演者の気持ちがよくわかっている。

直江のおかげで、台本はもっとおもしろくなった。

あとは本番を待つだけ――そのはずだった。

翌日の収録二日前、おれたちは刈谷に太陽テレビに呼び出された。

刈谷は会議室の椅子に座るなりいった。

「小山田が出演辞退した」

息が止まりそうになった。

小山田が……出ない？

「なんでですか？」

植田が訊くと、刈谷はため息をついた。

「さっきほかの番組の収録にきていた本人に頭を下げられた。でも理由はいわない」

「企画書は見てたんですよね。台本の問題ですか？」

植田にいわれ、刈谷が首を振る。

「台本はおもしろいって。とにかくすいませんって平謝りされた。小山田の事務所が代役の芸人やタレントを何人か挙げるといってる。時間がないからそこから選ぶしかない」

刈谷がいった瞬間、確信する。

そして口走っていた。

「小山田さんは必要です」

会議室にいる全員がおれに注目する。

わかってる。おれはこんなことをいえる立場じゃない。それでも黙ってられなかった。

今までの内容変更は流せたけど、これは見過ごせなかった。小山田がいないと、この番組は絶対に失敗する。おれの勘がはっきりとそういっていた。しかし、

「何様だよ?」

刈谷がおれをにらむ。

「作家見習いがなにいってんだよ。じゃあどうすればいい? お前が小山田を説得してくれんの?」

おれは黙る。小山田がいないとダメだ。直江がいっていた「最高の形」を無意識にわかってるのかもしれない。そこには小山田がいるんだ。

でも、どうしていいかはわからない。

刈谷はため息をついた。

「お前さ、大学出てないだろ?」

なんの話だ?

「……はい」

戸惑いながら返した。

「やっぱな」

鼻で笑われる。

「韋駄天の人事は直江ちゃんだっけ？　最低でも日東駒専《にっとうこません》以上の大卒だけとったほうがいいよ。こいつみたいな身の程知らずのバカが増えるから」

「……すいません」と直江が苦笑いする。

おれは拳を強く握りしめる。

刈谷はでかい声でいった。


「お前の意見なんて求めてねえんだよ！」


沖縄の引っ越し屋で働いていたときのことを思い出す。

「来月からさらに労働時間を増やすが、給料はほとんど上げない」

朝礼で上司が従業員たちにいった。それまでも従業員たちはずっと無理な労働をさせられていた。おれも「なにも持ってない自分は従うしかない」とゾンビみたいに働いていた。けど、ほかの従業員たちは明らかに限界を超えていた。

耐えられなかったおれが反発すると、上司はいった。

『お前の考えなんてどうでもいいんだよ！』

おれは一生自分を殺さないといけないのか？　そう思ったら怖くなった。いいなりになったらダメだと思った。たまっていた怒りが爆発し、気がついたときには手が出ていた。

あのときの怒りと刈谷への怒りがごちゃ混ぜになって噴《ふ》き出《だ》しそうになる。

呼吸が荒くなり刈谷以外が見えなくなる。拳が激しく震える。そして立ち上がろうとすると――

「了くん、お腹が痛いんですか？」

花史に耳打ちされる。

不安げな顔をしていた。

「心の声が出ちゃうほど出演してほしかったんです。ね？」

すかさず直江がフォローする。

おれは花史と直江を見つめる。

この一ヵ月、二人ともずっと協力してくれた。この番組を成功させるために。

……なにをしようとしてんだ？

手段が違う。あのときも今も、やるべきことは解決策を見つけることだった。

そして今、おれは答えを見つけられていない。

それだけの話だろ？

おれは静かに口を開いた。

「はい……おれがバカでした」


会議が終わってすぐ、おれは太陽テレビを出て走った。

全力で走りながら考える。

なんてみっともねえんだ。

この一ヵ月で気づいたことがある。おれの育ってきた環境は、この業界にいる多くの連中とは違うってことだ。おれの生きてきた世界では、人の価値は「どれだけ強いか？」で決まった。少なくともおれはそう感じていた。

そのルールの中で、ずっとナメられずに生きようとしてきた。就職してからもその価値観はそこまで変わらなかった。その「当たり前」からずっと抜け出せなかった。

――喧嘩が強い。

——根性がある。

——勇気がある。

そんなもの、この業界じゃクソの役にも立たねえ。このままじゃダメだ。今までの価値観に縛られたらいけない。

テレビ番組のつくり手になって自分を出せると思ったからこの仕事を選んだんだ。死ぬ気で頑張ろうと決めた。それなのに、せっかく摑んだチャンスをあと少しで手放すところだった。バカだ。大バカ野郎だ。

公園に入って体をくの字に曲げる。

おれはもう広い世界に飛び出したんだ。成長しなきゃいけないんだ。じゃなきゃ前に進んでいけない。

「りょ……了くん」

振り向くと、青白い顔をした花史がふらつきながら歩いていた。

「花史……追いかけてたのか？」

「は……はい。太陽テレビから……何度か声をかけたんですが……」

太陽テレビからここまで一キロ近くある。心配でずっと追いかけてきたのか。

おれを追いかけて声をかけていた花史を想像すると、思わず吹き出した。

それを見た花史も笑う。

二人でベンチに座ってしばらく笑った。

「悪い。気づかなかった」

「どうしたんですか?」

「……どうしても小山田さんに出てほしくてさ、ちょっとパニクった」

花史は「なるほど」といって考える。

「小山田さんに頼めばいいです」

「説得できねえだろ。出たくない理由も、出てほしい理由もわからねえんだ」

「大事なのは、気持ちじゃないでしょうか?」

花史はあたたかい笑顔を見せる。

「初めて会ったとき、了くんはぼくが不安だとわかってくれました。ぼくは人の気持ちのわかる了くんが大好きです。小山田さんも、了くんみたいな人かもしれません」

気持ちか。小山田は体育会系だったな。

熱意をぶつければ……無理だろ?

……いや。無理だと考えるのは禁止だ。発想が狭くなる。

体育会系の小山田に気持ちを伝える方法は……。

「花史、ありがとな。今日は月島に帰れ。ここは一人で頑張りたい」

太陽テレビの裏口で小山田を待った。

刈谷は「さっきほかの番組の収録にきていた本人に頭を下げられた」といっていた。収録が終わってなければここから出てくるはずだ。

二時間ほどすると、読み通り小山田がマネージャーと急ぎ足で出てきた。

二人に近づいていき、目の前に立つ。

「『遺恨ビンタ』のスタッフ、大城了です」

小山田は少し驚き、「おつかれさまです」と気まずそうに会釈してきた。

おれも会釈し、いった。

「『遺恨ビンタ』、出てくれませんか？」

小山田は口を開け、

「……すいません」

と通り過ぎる。おれはすぐに追いかけて、また前に立った。

小山田が左から横切ろうとするが、ふさいだ。右から横切ろうとするが、またふさぐ。

険《けわ》しい顔で小山田を見つめた。小山田もおれをにらむ。自分より背の高い相手とにらみ合うのは中学生以来だ。

「ちょっと……」

マネージャーが止めようとするが、小山田が手で制止する。

「おれ、柔道二段ですよ」

「……知ってます」

おれは息を吸った。

そして思い切り情熱をぶつけた。

「愛知県名古屋市出身、六月二十五日生まれの二十六歳。趣味は柔道、釣り、サーフィン、料理。特技は声でワイングラスを割ること。最近ハマっていることは風呂《ふろ》で読書。好きな色はピンク。好きな食べ物はみかん。好きな場所は浅草。二度寝することが幸せ。好きな女性は優しい人で苦手な女性はすぐ怒る人。好きな言葉はごちそうさまでした」

小山田が面食らった顔をする。

「センターヒットの結成話も知ってる。元相方に一方的にコンビを解消されたあと、同じくコンビを解散したばかりの加納さんに誘われたから。その少し前に『夜空の星』と加納さんのコンビと居酒屋にいったとき、相方を入れ替えて即興のコントをした。そのときの加納さんのツッコミが抜群だったから了承した。あんたを調べてたらぜんぶ覚えた。おれと一緒に作家見習いをしてる花史ってやつも同じだ」

小山田はつらそうな顔をした。

「……すいません。ほかの人に出てもらってください」

おれの前を横切って歩いていく。

「あんたじゃなきゃダメなんだ！」

小山田の足が止まる。

「レフリー役はあんたしかいないと思ってた。なんでかわからないけど、あんたがいないとあの企画は本当にダメになるんすよ！」

小山田はなにかをいいかけ、のみ込んだ。

その態度が気になった。

すぐに小山田は頭を下げ、マネージャーといってしまった。


「大城、クビになりてえのか？」

翌日の韋駄天会議で、韋駄にいわれた。

小山田のマネージャーが昨日のことを刈谷に話したらしい。「小山田をあんなに買ってくれていたのに申し訳ない」といわれて問題にはならなかったが、作家見習いが出演交渉をしたため、きつく叱《しか》ってほしいと刈谷にいわれたという。

「また問題を起こしたら、わかってんな？」

「……はい」

そういうしかなかった。刈谷も韋駄も、おれをクビにしなかっただけマシだ。収録は明日。もう小山田には頼みにいけない。

「直江、新番組のスタジオ台本よく書けてた」

韋駄が隣に座る直江にいった。

「ありがとうございます」

直江が笑顔で敬礼のポーズをする。

その後、韋駄はいつものように弟子たちにダメ出しし、会議は終わった。


韋駄天会議のあと、誰もいなくなった会議室で直江と花史に昨日のことを話した。

「小山田さんは理由をいってくれませんでした。なんで出てくれねえんだ……」

おれは沈んだ声を出す。

「そんなに出てほしかったんだ？」

直江が眉を下げる。

「はい。どうしても、小山田さんがいないと失敗する気がするんです。でも……もう打つ手がないっす」

諦めるように力なく笑った。

直江はおれをしばらく見つめ、口を開いた。

「追い討ちをかけるようだけど、発表があるんだ」

そして咳払《せきばら》いをして背筋を伸ばし、

「直江ダーク、今日から本名の直江渓《けい》に戻ります」

敬礼のポーズをする。

「……なんでですか？」

おれはきょとんとする。

ペンネームを辞める？　姓名判断の画数でも悪かったから本名に戻すのか？

考えていると花史が眉を下げ、おれに耳打ちする。おれはその言葉を代弁した。

「やっぱりそうだったんですね。だから……？」

「気づいてたの？」

直江がいうと、花史が悲しそうにうなずいた。

「……なんの話すか？」

話についていけないでいると、直江がいった。

「放送作家、辞めるんだよ」

「ええっ⁉」

おれは声をあげた。

直江が……放送作家を辞める？

花史に耳打ちされ、また代弁する。

「技術も人脈も放送作家の財産です。それをすべてぼくたちに渡そうとしていたのは辞めようとしてたからです」

直江は「その通り」とおどけた。

「自分の才能に限界を感じてて、前から考えてたんだ。実は就職の面接が明日になってね。推薦のことは収録が終わったら植田さんに連絡しとくよ。あとは運を天に任せよう」

明るくいう。前から転職の準備をしてたのか。

「ただ、君たちにはぜんぶ……は教えられなかったなぁ」

悔《くや》しそうな声だった。

おれの脳裏にこの一ヵ月が蘇《よみがえ》っていく。

引き留めたい気持ちを抑えられなくなった。

「そんなの……無責任じゃないすか！　最後まで教えてくださいよ！」

「……ごめん」

直江は静かにいった。

「生放送も、音楽ライブの構成も、コントも教えてないや……けどね、おれは人を見る目はあるんだ。君たちならきっと――」

直江に丸い目を向けられる。

おれは泣いていた。

優しくしてくれた先輩はこの人だけだった。なんの得もないのに面倒をみてくれた。この人が後ろにいたから安心して全力で頑張れた。人生で初めて尊敬する人ができた。

なのに……明日から会えなくなる？

「最後までむさ苦しいなぁ」

直江は鬱陶《うっとう》しそうな顔をして、おれの尻をバシッと叩き、

「頑張れよ」

軽くいって歩いていく。

ちょっと待てよ……待ってくれよ。

本当にいっちまうのかよ。こんなんで、本当にもう終わりなのかよ？

おれはどうにか声をあげる。

「企画にも納得いってないし小山田さんも出ない……どうすればいいんすか？」

「なんとかなるよ」
直江は微笑み、会議室を出ていった。
おれだってそう思いたい。けどダメだったんだ。
花史はなにかを考えるようにじっと床を見つめていた。
番組は失敗しそうだし、頼れる先輩もいなくなった。
このままじゃダメだ。
だけど……おれにはどうすることもできない。
はっきりとわかった。
おれはただのガキだった。なにもできない二十歳のクソガキだ。
力が欲しい。この状況を打破できる力が。
おれは今日ほど、自分を無力に感じたことはなかった。

本番当日の午前十時前。
胸ほどの高さの金網に囲まれた四角形のリングの中央で、刈谷と植田と金髪の男が最終打ち合わせをしていた。

金髪の男は黒いポロシャツと黒いスラックス姿だけど、年齢の若さと金髪と派手なピアスのせいで、まったくレフリーに見えない。

おれと花史はリングの下に立ってその様子を見つめていた。リングの周りにはすでに三百人の観客も立っている。

「遺恨ビンタ」の本番は、あと数分で始まる。

レフリー役は、小山田と同じ事務所からデビューしたばかりのダンスボーカルグループのメンバー、酒井朝日《さかいあさひ》という十七歳の男子高校生に決まった。ちょうどスケジュールが空いていたそうだ。

酒井は小山田の代役として事務所が推薦したうちの一人だったが、刈谷が酒井の父親である大御所ロック歌手に「なにかあったら使ってくれ」と以前から頼まれていたらしい。

植田によると、酒井は番組の見栄えをよくするだけの存在になるという。素人が出演者と絡んだら寒くなるため、最終台本のレフリーの台詞はほぼカットされた。

植田は事務所が挙げた代役候補の中から、もっと仕事ができる芸人やタレントを選ぼうとしたが刈谷に却下されたらしい。刈谷は小山田が出なくなった時点でこの番組を諦めた。そして番組のおもしろさよりも人付き合いを選んだんだ。

「ADさん、水くんない？」

酒井がヘラついた顔で金網に両肘《りょうひじ》をつき、おれたちにいった。

周りを見渡すがスタッフはほかにいない。

おれは長机にまとめて置かれていたペットボトルの水を一つ手にし、酒井に渡した。酒井はひと口飲んだあと無言でおれに返し、刈谷と植田のいるリング中央に戻った。

おれももとの位置に戻る。

「あの人、お礼もいわなかったですね。虎《とら》の威《い》を借る狐《きつね》です」

リュックを背負った花史がいった。

虎の胃を借りる狐？　今は意味を訊く気力もねえ。

花史に顔をのぞき込まれる。

「どうしたんですか？」

おれは少し笑った。

「とんでもないデビュー作になったと思ってさ。企画内容は変わるし、直江さんは辞めるし、小山田さんも出なくなった」

こんな内容じゃ、植田にも認めてもらえないかもな。

すると花史はにこっとした。

「小山田さんは出ますよ」

「なにいってんだ。小山田さんは――」

と、後ろから観客たちのざわめきが聞こえた。

振り向くと、花道から大きな男が歩いてくる。

あれは、小山田だ。

そのまま歩いてリングに上がり、刈谷と植田と酒井がいる中央に向かった。

そして、

「レフリー、やらせてください！」

頭を下げる。

酒井と同じ黒いポロシャツに黒いスラックス。私服かもしれないけど、酒井より千倍はレフリーに見える。

小山田は頭を下げたまま続けた。

「お願いします！」

リングの中央にいる三人はポカンとする。

なんで……？

「やってもらいましょう」

植田の決断は早かった。

「えっ⁉　……でも、もとの台本だってないだろ？」

刈谷が煮えきらない。

そのとき、花史がおれに耳打ちした。

……嘘《うそ》だろ。

おれはリングに向かってさけんだ。

「あります！」

花史の背負っていたリュックのファスナーを開ける。小山田がレフリー役を務めるバージョンの台本が大量に入っていた。なんで花史はこれを……？

その一つを手にとって挙げる。

「出演者とスタッフの全員分があります！」

刈谷が驚いている。

「刈谷さん、指示してください」

植田が急《せ》かすと、刈谷は頭を抱えた。

こいつはクソ野郎だ。だけど、小山田が出たほうがおもしろくなるとわかってる。番組がつまらないものになったら自分の評価が下がる。直江も「本当におもしろければだいたい採用される」といっていた。頼む――。

「……わかった」

刈谷がしんどそうにいった。

おれと花史はスタッフに台本を配りはじめる。植田は小山田に立ち位置と流れを説明。刈谷は新しい台本を持って出演者たちの楽屋に向かう。ディレクターやＡＤたちはカメラマンや音声など制作スタッフと変更の確認。スタッフ総出で動き回った。

酒井だけがリングの上でキョロキョロしていたが、おれが植田に「選手入場のアナウンスをするリングアナをしてもらえばいい」と提案した。画面に映る時間がかなり短くなるが、刈谷にとっても酒井にとっても出演しないよりはいい。おれの案は採用され、酒井は私服に着替えるため楽屋に向かった。

おれはリング中央にいる植田に台本を差し出す。

「助かったよ」

と台本を受け取った植田は小山田に顔を向ける。

「カンペは間に合いません。すぐに覚えられますか?」

おれは「お願いします」と台本を小山田に差し出すが、受け取らなかった。

「頭に入ってます」

スタジオ収録のバラエティ番組はカンペ進行が普通だと直江から教えてもらった。小山田はカンペなしでやれる自信があるほど台本を読み込んできたんだ。

植田は急いでリングを降り、「サブ」と呼ばれる副調整室に走っていく。バラエティ番組のスタジオ収録では、プロデューサーや演出はサブでモニターを見ながら現場のスタッフたちに指示を送る。

小山田と目があった。

「なんで……出てくれる気になったんですか？」

小山田は「……すいません」と小さく頭を下げる。

気持ちが伝わったのか。おれは会釈を返し、リングを降りた。

全員の準備が終わり、刈谷もスタジオの階段を上がってサブに入った。

そして、本番が始まった。


おれは夢中になってリングに見入っていた。

小山田は台本を完璧《かんぺき》に覚えていた。掴み合う出演者たちを柔道技で止める。付き合った彼女に毎回フラれていることをいわれて悲しそうな顔をする。小山田がなにかするたびに観客たちは笑った。

それだけじゃなかった。

台本に書かれていたことを完璧にこなしながら、次々とアドリブを乗っけて爆笑をさらった。観客の笑い声は、おれが台本に書いたくだりよりも明らかに大きかった。あんなに時間をかけて書いたおれの台本は、小山田の即興に負けていた。

小山田は素朴で真面目な優しいキャラのため、世間からは天然とも称されている。

だけどそうじゃなかった。頭で計算して完璧な仕事をしていた。自分のキャラを客観的に把握し絶妙なタイミングでボケた。その瞬発力に圧倒された。小山田ライトは天才だ。

しかし、二組目、三組目と進むうちに、おれはやっと気づいた。

この企画のどこに納得してなかったのか、なぜ失敗すると思ったのか。気持ち悪さの正体がやっとわかった。小山田は最高におもしろい。この番組もおもしろいんだ。

けれども……驚きがない。

仲のいい有名人同士がいくら揉めても演技にしか見えない。出演者たちが泣こうがわめこうが予定調和は壊せない。インパクトが弱いんだ。

この枠組みでなにをしても、視聴者にはありきたりな番組に見える。大きな話題にもならないし、高い視聴率も取れない。

おれはそんな番組を失敗だと思ってたんだ。視聴者の予想を裏切らない平均点の番組になることが許せなかった。そんな普通の番組をつくりたいわけじゃなかったんだ。

ただ、かといって……なにがこの企画の最高の形なのかもわからない。どうすればいいのかもわからない。

そうこう考えているうちに三組目が終わった。選手たちが退場して、もうすぐ最後の四組目が始まる。

このまま終わらせたくない。そんな思いが芽生《めば》えていた。小山田が出演する奇跡が起きたことで、欲が出たんだ。

でも、どうすればいい？　なんでおれはこんなにバカなんだよ！　おれの頭がもっとよければ――。

頭が……いい？

隣に立っていた花史を見つめる。

「花史……なんで小山田さんがくるとわかった？」

自然に口にすると、花史は不思議そうな顔をした。

「なんとなく……」

おれの出身地と前の仕事を当てたときも同じことをいっていた。直江が作家を辞めることもわかっていた。

……観察力と知識だ。なにかを見ていて、小山田がくるとわかってたんだ。

花史の頭があれば。

「なあ……この企画、おもしろいか？」

花史は腕を組み、頭を傾ける。そして、

「小山田さんはおもしろいです。ですが――」といっておれを見つめた。

「これでは数字が取れません」

今までとは違う顔だった。

いつもの頼りない花史ではなく自信に満ちた顔。花史には確信があるんだ。

「でも、しかたないです。ぼくたちの仕事は刈谷さんのお手伝いです」

ずっと刈谷のやりたいことに合わせようとしていた？

それが理由で、いいアイデアがあったのに黙っていたのなら。

「今からでも、この番組をおもしろくできるか？　内容を変えてもいい」

花史はきょとんとした。

「変えてもいいんですか？」

「ああ。それが刈谷さんや小山田さんや……おれたちのためにもなる」

「そうですか……」

花史は嬉しそうな顔をする。そして腕を組み、頭を左右に傾けながらブツブツといいはじめた。すごい早口のため、なんていってるか聞きとれない。倍速再生みたいだ。

なんだよこれ……？　異様な光景に圧倒されていると、花史がピタッと動きを止めた。

突然、自分の口を両手でおさえて前屈みになる。

「うふっ、うふふっ……」

肩を震わせながら笑ってる。

「ど……どうした?」

花史は笑いをこらえながらいった。

「了くん、やばい企画を思いつきました」


スタジオを捜し回ったがいなかった。

観客の中にもいない。

スタジオを出た。

この収録は一階の廊下にあるテレビにリアルタイムで映されているはずだ。

テレビは三ヵ所にある。

走って一ヵ所目に向かうが、いなかった。

急いで二ヵ所目にいくがいない。

そして三ヵ所目のロビーに着いたとき。その人が、テレビの画面に映る四組目の対戦を立って見ていた。花史の予想通りだ。

「な……直江さん」

息切れしながらいうと、直江が目を見張る。

「了くん」

局中を走り回ったせいで痛む脇腹《わきばら》をおさえながら歩み寄ると、直江は微笑んだ。

「面接が夕方になってね。余裕があったから――」

直江の脇に首を入れ、体を抱えて肩に乗せた。そのままスタジオに向かう。

「おい、なにすんだよ⁉」

背中から声がするけど、話を聞いてる暇はない。「もう関係者じゃないから」とくるのを嫌がられたら時間がなくなる。

直江は組んだ両手でおれの背中を何度も打つ。

「こらぁ、了！　放せ！」

「すいません、すいません！」

背中を殴られながら走った。


バチン！

ビンタされた出演者がマットに倒れる。小山田が駆け寄り、両手を上げて交差させた。

カン、カン、カーン！　という試合終了を告げるゴングが鳴った。

おれは会場を歩いて花史のもとに戻った。

「連れてきたぞ。スタジオの入り口に立ってる」

不機嫌に腕を組み、壁にもたれている直江を二人で見つめる。

「ありがとうございます。次は、これを刈谷さんと植田さんに渡しにいきましょう」

花史が両手で紙を差し出す。その手にはボールペンも握られていた。紙には花史の手書きの文字が書かれている。

リングでは有名人同士が抱き合って和解していた。文面を読む時間はない。

受け取ったおれは花史を連れてサブへと向かった。

サブに入ると刈谷の姿はなかった。よかったのか悪かったのか……番組制作の権限を持っているのは刈谷だ。

椅子に座ってモニターを見ていた植田に声をかける。

「植田さん」

おれたちに気づく。

「刈谷さんは？」

「酒井の親父《おやじ》さんから電話がきてスタジオを出たよ。出番が少なくなったから謝ってるんじゃないかな」

植田に渡すしかない。

「これ、見てもらえますか？」

おれが紙を差し出すと、植田は戸惑いながら受け取って目を通した。

このとき、初めて内容を見たおれは衝撃を受ける。

どういうことだよ――⁉

「わかった。今から撮影する」

植田はいった。


サブを出たおれたちは直江のもとに向かう。

四組目は退場し、リングには小山田だけが残っている。台本だとこのあと小山田の番宣コメントを撮る予定だ。まだ観客たちもいる。

直江の前に立つと、

「なんなの？」

と不機嫌にいわれた。おれはうつむく。

「花史に連れてこいっていわれたんです」

「……なんで？」

直江に訊かれた花史はおれに耳打ちした。

「この番組がおもしろくなるから……だそうです」

直江は困惑する。

おれは気まずい顔で続けた。

「直江さん……これから、やばいことになります」

「……は？」

スタジオの照明が落ちて真っ暗になった。

リング中央にいる酒井にスポットライトがあたる。観客たちがざわつく中、酒井がマイクで話しはじめた。

「ただ今より、急遽《きゅうきょ》決まりました、第五試合を行います！」

花史の書いた文言だ。

「本日、レフリー役を務めた小山田ライトは、四年前に『夜空の星』というコンビを組んでいました。しかし相方から『腕がないお前と組んでても将来が見えない』と一方的にコンビを解消され、いまだにそのことを引きずっています。第五試合は、そんな小山田と元相方が対戦します！」

観客たちがどよめく。

「レッドコーナーより、小山田の元相方……直江ダーク選手の入場です！」

直江がスポットライトに照らされ、入場曲がかかる。

会場に歓声があがった。

酒井はリングから降り、小山田もスポットライトに照らされる。小山田は唖然としながら直江を見ていた。

「ほんとに……そうなんすか？」

おれが確認すると、直江が花史に冷笑を向ける。

「……なんでわかった？」

花史に耳打ちされ、おれは代弁する。

「光と闇《やみ》です」

引き続き、花史の言葉を伝える。

「夜空の星には光と闇があります。二人の名前はライトとダーク。直江さんの台本の修正指示も小山田さんへの愛がありました」

「……いつ気づいたの？」

直江に訊かれ、また花史の言葉を伝える。

「昨日です。直江さんは『なんとかなるよ』といっていました。無責任に後輩を見捨てる人じゃないので、本当になんとかなると思って番組を降りたんです」

ってことは、もしかして。

「直江さんが……小山田さんを出演させたんすか？」

　直江はため息をついた。

「……まあね。『おれは作家を辞めるから収録にもいかない。後輩を助けてやってくれ』って電話したんだ」

　小山田が出演辞退したのは太陽テレビでおれたちと会った翌日。直江が関《かか》わってる番組と知ったから、まともに仕事できる自信がなかったんだ。だから直江もスタジオにこなかったのか。

「でも、おれは出ないよ」

　直江は不機嫌に扉を開け、スタジオを出た。おれたちはついていく。

「待ってください！」とおれは止めるが、直江は「おれは作家を辞めたんだよ」と苛立ちながら歩いていく。

「小山田さんがスベります！」

　おれの言葉で、直江の足が止まった。

「直江さんは小山田さんがスベらないように徹底的に台本を直した。罪滅ぼししたかったんじゃないですか？」

「……」

「選手紹介もしたし入場曲もかかってる。このままだと小山田さんがピエロになる」

「……ああ、もう！」

直江が戻ってきて扉の前に立った。

「ギャラで叙々苑《じょじょえん》おごれよ！」

「はい」というと、花史も笑顔でうなずいた。

おれは扉を開ける。

直江が花道を歩きはじめ、おれたちもその隣を歩いていく。

観客たちからブーイングがあがった。小山田に悪態《あくたい》をついて一方的にコンビを解消したんだから、こうなるだろう。

だけど直江は笑顔で観客たちに手を振りながら歩いた。ブーイングが大きくなる。ヒールに徹することで盛り上げようとしてる。

小山田はどうしていいかわからないような顔でおれたちを見ていた。

リングにたどり着く。おれと花史はリング下で立ち止まり、直江だけが上がった。

スタジオの照明が明るくなる。

直江がコーナーでビンタの素振りをする。自分が悪かったのにやる気満々だ。その意図を読み取った観客たちが笑う。キッチリ仕事をしようとしている。

「両者、中央へ！」

実況アナにいわれ、小山田と直江が向かい合う。

直江は太々《ふてぶて》しい態度で小山田をにらむ。一方、小山田は気まずそうに目を伏せている。

実況アナが続ける。

「この試合は二人の歴史からクイズを出題します！」

おれは花史を見る。

「あんなこと書いたのか？」

「はい」

花史はキラキラした瞳で直江と小山田を見ていた。この先に起こることを楽しみにしているように。

カーン！　試合開始のゴングが鳴った。

「第一問！」実況アナがいった。

「『夜空の星』が結成されたのはいつ？」

直江が小山田を見つめる。小山田は目を伏せ、手を挙げる気配がない。

「はい！」直江が手を挙げた。

「直江さん！」と実況アナ。

「二人が小学校六年のとき」

ピンポン、ピンポン、ピンポン、という正解の効果音が鳴った。直江が右手を挙げ、スタジオに大きな拍手が鳴り響く。

「直江さん、どちらが誘ったんですか?」と実況アナ。

「ぼくです。小山田はいじめられっ子でいっつもめそめそ泣いてたんですよ。ぼくがよく助けてたんで好きにできると思って。小山田の本名は健《けん》で、あだ名はフラン健でした」

客席からどっと笑いが起こり、小山田が恥ずかしそうな顔をする。

こどものころから一緒にいたのか。

「なんでこんなこと知ってるんだ?」

花史に訊いた。

「知りません。『※なんでも正解。エピソードを掘り下げる』と書きました」

なんでそんなこと……今はたまたま笑いが起きたけど、このまま進めておもしろくなるのか?

「文句をいってからビンタしてください!」と実況アナ。

直江が小山田をにらむ。

「いつまでも小さいこと……引きずってんじゃねぇよ!」

バチン!

直江が思い切り小山田をビンタした。

小山田の黒目が上に向き、意識が飛んだように見えた。そのまま倒れそうになるが、なんとか足を踏ん張る。会議室でおれにしたビンタより何倍も強い。

あまりの衝撃に観客は一瞬静まり、すぐに大きな歓声が沸いた。

「すげえ」「ガチだよ」「放送できんのか」などと後ろから聞こえてくる。

小山田の顔に怒りが広がった。やる気になったようだ。

「第二問！」実況アナがいった。

「二人の芸名、小山田ライトと直江ダークの由来は？」

二人がほぼ同時に「はい！」と手を挙げるが、小山田がわずかに早かった。

「小山田さん」と実況アナ。

「光と闇」

正解の効果音が鳴り、小山田が右手を挙げる。客席からは大拍手。直江が悔しそうな顔をする。

「小山田さん、なぜこの芸名にしたんですか？」と実況アナ。

「直江はよく、『お前には才能がある。おれは星を輝かせる闇でいい』といってました。だからコンビ名も『夜空の星』に。直江は芸名の通り根暗なんですよ。いう通りにネタやらないと、しつこくネチネチと責められました」

観客たちが笑い、直江が恥ずかしそうな顔をする。

「文句をいってからビンタしてください！」

小山田が直江をにらむ。

「おれは売れたよ。予想が外れて……残念だったな！」

バッチーン！

直江の体が吹っ飛び、マットに落下する。

会場の音が消滅する。小山田のビンタは直江より強烈だった。

しかし直江はゆっくりと体を起こして立ち上がり、ニカッと笑った。

地鳴りするような歓声が響き渡った。

直江がヨロヨロと中央に歩いてくる。

「やればできるじゃねえか、フラン健」

「うるせえ、鬼太郎」

その後もクイズは続いた。

「元相方の初恋はいつ？」「二人の最大の喧嘩は？」「初めてつくったネタの内容は？」

観客たちは二人のビンタを見るたびに白熱し、お互いをののしるエピソードが披露されるたびに爆笑した。二人は当時のことを完璧に覚えていた。それだけお互いに大事な存在だったんだ。

観客たちもおれも深く感情移入し、夢中になってリングに見入った。

そしていつの間にか、クイズは十問目に入った。

我に返って花史を見つめると、相変わらず楽しそうにリングの二人を見ていた。

花史の狙《ねら》いはこれだったんだ。仲違いしている二人にこの企画をやらせれば、お互いに悪口をいうし本気でビンタする。それが観客を爆笑させ白熱させ、感情移入させられる。

あの短時間で、そこまでのことを考えたのか？

けど、問題はラストだ。これはガチの遺恨だ。直江には「腕がない小山田と組んでも将来が見えなかった」という明確なコンビ解消の理由もある。このまま進めても、和解させられるのか？

「フラフラじゃねえか。ギブアップしろよ」直江がいった。

「お前こそ顔が腫《は》れてるぞ。参ったしろよ」小山田が返す。

にらみ合う二人の頬は、おたふくみたいに腫れ上がっていた。

「第十問！」実況アナがいった。

「『夜空の星』の解散理由は？」

……なんでこんなクイズを？

その解答は観客たちにも伝えている。クイズとして成立してない。

直江が困惑した顔をする。

小山田はそれ以上に戸惑っているようで、眉を大きく寄せていた。

おれは花史に訊いた。

「書き間違えたのか？」

「これでいいです」

……どういうことだ？

「はい！」

と直江が手を挙げた。とりあえず答えることを選んだんだ。

「直江さん」と実況アナ。

「ぼくが、小山田に腕がないと思ったからです」

まったく悪びれずに笑顔でいったため、観客からブーイングが起こる。

ところが。

ブッ、ブッー！　不正解の効果音が鳴った。

直江が戸惑うように笑う。

「ほんとですよ？　将来が見えなくてコンビを解消しました」

ブッ、ブッー！

「いや、そうなんですって」

ブッ、ブッー！

直江が冷たい笑みで花史をにらむ。

「どういうつもり？」

花史はおれの背中にささっと隠れ、直江に愛想笑いを向ける。

直江は一つ息をつき、実況アナのほうに歩いていった。

「クイズの作成者が勘違いしてます。その紙になんて書かれてます？」

「……嘘だと」

実況アナが戸惑いながらいった。

「えっ？」

直江は声をもらした。

「『※将来が見えなかった……は嘘だから不正解』。そう書かれています」

直江と小山田が目をむく。

おれは花史に確認する。

「……嘘なのか？」

花史はおれの背中に隠れながら耳打ちする。

おれは花史の言葉を直江に伝える。

「直江さんは、小山田さんとの思い出が詰まった芸名を使い続けていました。小山田さんを嫌いなら使いません。コンビは恋人と同じようなものだからです。好きなのに別れる理由は、一つしかありません」

小山田が実況アナに歩み寄る。

「正解はなんですか？」

実況アナがインカムで「いっても大丈夫ですか？」とサブの植田に確認する。

会場がざわめく中、実況アナが「わかりました」といった。

「直江さんは小山田さんのためにコンビを解消した……そう書かれています」

小山田が目を大きく見開く。

「どういう……ことだよ？」

呆然とした顔を直江に向けるが、うつむいたまま答えない。

小山田が直江に歩み寄った。

「舞台に立ってんだ。ちゃんと仕事しろよ！」

直江はうつむき口を閉ざしている。

会場が静まる。その答えを誰もが待っていた。

もういうしかない。直江もそれを理解しているはずだ。

そして、観念したようにぼそっといった。

「……遅かったんだよ」

小山田が眉を寄せる。

「加納たちと居酒屋にいって、相方を入れ替えて即興コントしたろ」

「……ああ」

「加納のツッコミは、おれより早かった」

「……」

「お前の腕は年々上がって、ボケもわかりにくい高度なものになった。アドリブのボケをすぐに理解できないことが増えて、養成所に入ったらますますついていけなくなった」

直江がうつむいたまましんどそうにいう。こんなに余裕のない姿を初めて見た。

「台本のあるコントはいいけど、売れてバラエティに出たらアドリブのボケも増える。おれのツッコミが遅いとお前がスベる。加納には高度なボケをすぐに理解する才能があった」

「お前……」

小山田がなにかに気づき、直江が顔を上げた。

「加納がコンビを解散したタイミングで頼んだ。小山田を任せるって」

バチン！　小山田が直江をビンタする。

「なんでいわなかった⁉」

バチン！　直江が小山田をビンタする。

「いったら止めただろ⁉」

バチン！　小山田が直江をビンタする。

「それでもいえよ！　だからずっと引きずってんだろ？」

バチン！　直江が小山田をビンタする。

「引きずりすぎなんだよ！　出演辞退ってこどもかよ！」

バチン！　小山田が直江をビンタする。

「しょうがないだろ！　あの台本もお前が……おれをおもしろくしようとしてたから……本番で……泣くと思ったんだ……」

小山田が泣きながら続ける。

「お前が誘ったんだろ⁉　ずっとやりたかったんだよ！　勝手に降りてんじゃねえよ！」

バチン！　直江が小山田をビンタする。

「おれだってやりたかったよ！　でもおれじゃ無理だったんだ！　おれがお前を一番わかってると思ってたのに……無理だったんだよ！」

直江も泣きながらいう。

二人はお互いの言い分をぶつけ合いながらビンタしていく。

いつの間にか、会場には小山田コールと直江コールが鳴り響いていた。その数は半分に割れていた。どちらの言い分にも共感できるからだ。会場が熱い塊《かたまり》になっていた。

おれは泣きながら二人を見ていた。

心が震えていた。生きている実感が湧いた。

そしてこのときに気づいた。

おれは、これを見たかったんだ。

つくり物じゃない熱い番組をやりたかった。

だからガチの遺恨を抱えた出演者にこだわっていたし、真面目で情に熱い小山田の出演にもこだわっていた。韋駄天に送った履歴書にも「熱くなりたい」と書いていた。答えは最初から目の前にあったんだ。

命を燃やしたい。いつだって熱く生きたい。エネルギーの出し惜しみをせずにいつでも全力を出し尽くしたい。それが、おれの生きがいだ。

直江のいっていた背骨が見つかった。おれは心が震えるほどの熱い番組をやりたい。そんな番組を全力でつくって熱く生きていきたい——。

バチン！　直江が小山田をビンタした。

「おれだって頑張ったんだよ！　有名な放送作家になって、お前と立場が違っても並んで仕事がしたくて……だから意地でも辞めなかったんだ！」

「だったら続けろよ！」

バチン！　小山田がビンタすると、直江が尻餅《しりもち》をついた。

「結局あんときも逃げたんだろ？　才能がないと思って逃げただけだろ？　また逃げんのかよ！」

直江が呆然と小山田を見上げる。

「おれは今でもお前が……渓ちゃんが一番の天才だと思ってんだよ！　そんな情けないこといってんじゃねぇよ！」

涙をボロボロ流しながら、小山田がぺたんと座り込む。

それを見ていた直江は少し笑った。

「おれが……天才か」

吹っ切れたような清々《すがすが》しい笑顔だった。

その顔を見たとき、直江はもう大丈夫だと思った。

長い長いトンネルからやっと抜け出せたのだと、なぜか確信した。

拍手がパラパラと鳴った。その音は大きくなり、やがて大歓声になった。

おれは号泣していた。会場のみんなも泣いていた。笑いとスリルと感動の詰まった熱い企画になった。

花史に耳打ちされ、おれは直江に伝える。

「直江さん、おもしろかったですか？」

花史は直江に満面の笑みを向けていた。

直江は呆れたように笑い、鬱陶しそうにいった。

「おもしろかったよ」

「なんでこんな勝手なことをしたんだ⁉」

収録後、がらんとしたスタジオで、刈谷が怒りの形相を見せる。

植田と直江とおれと花史はその前に立っていた。

「これはおれの番組だぞ！　絶対にオンエアしないからな！」

そうとう興奮している。酒井の父親への謝罪に骨を折ったのかもしれない。

植田は刈谷を真剣に見つめた。

「刈谷さんは、今説明した内容を聞いてもおもしろいと思いませんか？　これをオンエアしなかったら、テレビマンじゃありませんよ」

刈谷はおれたちを見つめる。

その目はどこか怯えていた。ここにいる刈谷以外の全員がオンエアしたほうがいいと思ってる。それを感じてるんだ。

刈谷は納得していないけど、植田が映像を見せて説得すれば……おもしろければ文句はいえないはずだ。

ただ……それでいいのか？

なにか気持ち悪い。

ここで刈谷をねじ伏せたら、おれがされてきたことを刈谷にもしたことになる。今度は刈谷を殺すことになる。この番組の責任者は刈谷なんだ。

おれは刈谷に歩み寄って見下ろす。

「な……なんだよ?」

両膝をついて頭を地面にゴツン! とつけた。

「すいませんでした!!」

スタジオにおれの声が響き渡る。

「提案したのは自分です。けど、今までで一番大きな笑いを撮れてます。小山田さんの知られざるエピソードも視聴者の興味を惹きます。なので、映像を見て判断してもらえないでしょうか! お願いします!」

今おれがやれることは、これしかない。

刈谷をひれ伏させるなんて熱くない。

気付くと、花史もおれの隣で一緒に土下座していた。

「……韋駄ちゃんには報告するからな」

刈谷がおれたちを見下ろす。

「はい」

顔を上げていうと、刈谷は逃げるようにスタジオを出ていった。

まだ納得してないだろう。

でも、今までと違って、やっと言葉で説明はできた。

バカなおれにしては上出来だ。


直江とおれと花史はスタジオを出て、太陽テレビの正面入り口に向かった。

直江はおれたちが台本を書いたことを植田に伝え、作家として使ってもらえないかと推薦してくれた。五組目の提案もおもしろかったため、おれと花史は植田が演出を務めるレギュラー番組に誘ってもらった。今後はそのギャラでなんとか生活できる。おれたちは目標を達成することができた。

「直江さん、本当に作家を辞めるんすか？」

歩きながら訊くと、直江が微笑んだ。

「撤回します。天才の小山田に天才っていわれたからね」

直江は小山田にセンターヒットの座付き作家になってくれと頼まれたが断ったという。

しばらく一人で頑張ってみたいそうだ。

収録後、おれは小山田に連絡先を訊かれた。なにか力になれることがあったらいってほしいということだった。なんだか嬉しかった。

廊下を曲がって正面入り口に向かうと、見覚えのある男が太陽テレビに入ってきた。ヴィトンのバッグを持ってメガネをかけている。

韋駄源太が颯爽と歩いてくる。これから会議にでも出席するのだろう。

韋駄は結局、収録にもこなかった。おれたちがあれだけ大変な思いをしたのに、韋駄にとってはまったく関係ないことなんだ。韋駄とおれたちの位置には大きな差がある。

韋駄とおれたちの目が合った。韋駄は表情を変えない。収録で勝手をしたことは、まだ刈谷から聞いていないのかもしれない。

そのまま距離が縮まり、すれ違う瞬間。

「おつかれさまです」と直江が微笑みかけると、韋駄は「おつかれ」と通り過ぎた。

「そうだ。お前ら――」

「辞めさせてください」

直江がいった。

おれたちが振り返ると、韋駄も振り返る。

やっぱり刈谷から聞いてたんだ。すれ違うときに思い出してクビをいい渡そうとした。

こいつにとっては、それほどどうでもいいことなんだ。

「お前らもか？」

小さな目でおれと花史を見つめる。

おれは「はい」といった。花史もうなずく。

「直江はともかく、お前らは台本も書けねえだろ？」

「書けますよ」と直江がいった。

「彼らにお願いされて、韋駄さんの台本を二十本、一週間前から書いてもらいました。昨日褒めてくれた台本もそうです」

韋駄は感情を見せない。

「さすがに一人前とはいえないんで、植田さんとぼくで面倒を見ていきますけど」

韋駄はおれたち三人を見つめる。

「そうか」

とだけいって、いつものように颯爽と歩いていった。

「四年間、お世話になりました」

直江が韋駄の背中に敬礼する。おれと花史も頭を下げた。

韋駄は腕時計を見ながら廊下を曲がった。

帰りに三人で西麻布のラーメン屋台に寄った。

カウンターに座ってラーメンを食いながら、おれはいう。

「韋駄さん、おれたちのことは眼中なしでしたね」

苛立ちながらいうと、直江はニヤリとした。

「そうでもないよ」

おれは眉を寄せる。

直江はなにも答えず、花史の顔をのぞき込んだ。

「ところで……やっと思い出したよ。花史くんって新聞に載ったよね。『天才中学生』って呼ばれてたでしょ？」

花史は少し驚き、恥ずかしそうにうつむいた。

「なんすか、それ？」

「花史くんは中学生のころに、エンタメ小説賞と脚本賞、漫画原作賞を受賞してるんだ」

時が止まった。

「……ええっ⁉」

「君たちが韋駄天に入った日、ずば抜けた企画があるっていったでしょ？　あれ、花史くんのやつ。尖《とが》りすぎて放送できない内容だったけど」

おれの企画だと思ってた。

家には大量の本があったし、賢いとは思ってたけどそこまでとは……。

「どうして、小説や脚本の道を選ばなかったの？」

直江が花史に訊く。

花史に耳打ちされ、おれは代弁した。

「放送作家になりたかったから……だそうです」

「なんで？」

また訊くと、花史はにこっと笑い、またおれに耳打ちする。

その言葉を聞いたとき、おれの顔から血の気が引いた。

そのまま棒立ちになる。

「了くん？　なんていったの？」

直江にいわれ、おれは花史の言葉を伝えた。

「殺したい人が……いるんです」

「殺したい人？」
直江は戸惑いの笑みを浮かべて訊き返した。
花史は大きくうなずき、またにこっと笑った。
おれはその笑顔をしばらく見つめてしまった。
おれたちはそれ以上は訊かず、いつの間にか話題は別のことに移っていた。
おれは冗談だと思った。冗談だと思うことにした。たぶん直江も同じだった。
花史の笑顔が、あまりにも怖かったから。
怒りなのか、憎しみなのか、軽蔑《けいべつ》なのか、嫉妬《しっと》なのかはわからない。
ずっと純粋に見えていた花史の笑顔の奥に、得体の知れない醜《みにく》いものが見えた。
おれはその冷たい笑顔が、本当に怖かったんだ。

#2「ライバルはつらいよ」

韋駄の弟子を辞めて数日後、おれたちにとって初めての番組打ち上げが始まった。

場所はいつものラーメン屋台だ。

「『遺恨ビンタ』の成功を祝って、乾杯！」

カウンターに座っていたおれたちは植田の声でコップを合わせる。植田とおれはビール、花史はオレンジジュース。直江は急な仕事が入ったため今日は欠席だ。

両手でコップを持った花史はゴクゴクとオレンジジュースを飲んだ。こうして見るとほんとに中学生みたいだ。

植田には好きなものを食っていいといわれてたけど、おれたちはここを選んだ。

「よかったの？　屋台のラーメン屋で……」

植田がボロいラーメン屋台の中を見つめる。目の前ではおやっさんがラーメンをつくっていた。

「ここが好きなんすよ。な？」

花史に耳打ちされ、おれは代弁する。

「はい。一番落ち着きます……だそうです」

相変わらずおれ以外の人と話すときは、こうしておれが代弁している。

韋駄天にいたころは直江も一緒に週に三回はきていた。六本木や西麻布界隈《かいわい》ではここが一番美味《うま》い。

「よくくるんだ？」

「ええ、ここで企画の相談もしてるんです。花史の意見は本当に的確なんすよ」

花史に耳打ちされ、その言葉をいう。

「了くんの企画がおもしろいので、もっとおもしろくしたくなります」

ここ何日かで改めて花史の賢さに驚かされている。的を射た意見をくれるから企画を思いついたらまずは花史に相談するようになった。

「……そう」

植田はなぜか気まずそうな笑顔を見せる。おれは疑問に思うけど、

「『遺恨ビンタ』、トレンド入りしてたね」

と聞いて、一気にテンションが上がった。昨晩の深夜、「遺恨ビンタ」がオンエアされた。

「花史とリアルタイムで見てたんですけどシビれました！」

花史も大きくうなずいた。

小山田と直江の試合が話題になり、「遺恨ピンタ」は一時Ｔｗｉｔｔｅｒのトレンドランキングでトップ10入りした。しかも、放送終了時にも嬉しい驚きがあった。

「植田さん、構成で名前を載っけてくれてありがとうございます」

植田はおれたちの名前を「リサーチ」ではなく「構成」でエンドロールに載せてくれた。これがおれたちの作家デビュー作になったんだ。

「台本も書いたんだし。ただ、第二弾があってもおれたちは呼ばれないかもね」

植田は軽くいった。

テレビ番組は局員がスタッフを集めてつくる。あれだけ刈谷に反抗したんだから第二弾があっても別のスタッフに替えるかもしれない。

「……すいません。植田さんまで巻き込んで」

おれは頭を下げる。

「君たちの提案に乗ったのはおれだよ。まあ、たとえ次に呼ばれなくても、日本一の放送作家のスタートとしてはよかったんじゃない？」

そうだな……って、あれ？

「日本一を目指してること……いいましたっけ？」

「直江くんに聞いたんだ。二人を応援してほしいって頼まれた」

そんなこといってくれたのか。やっぱりいい先輩だぜ。

「絶対になります！」

花史もうなずいた。

やる気を見せるおれたちを見て、植田は爽やかに笑った。

「君たちはおもしろい。だから応援したいんだけど……どんな日本一になりたいの？」

「どんな？」

日本一は……日本一だろ？

「日本一にもいろいろあるでしょ？」

「……たとえば？」

植田は「そうだな」と腕を組む。

「担当番組の多さなら韋駄源太が日本一だ。二十年も二十本以上の番組をやり続けてるからね。いわば、『日本一売れている放送作家』だよ」

そういうことか。

少し考えて、おれは顔をしかめる。

「韋駄さんみたいには……なりたくないっす」

「だよね」と植田は苦笑いした。

「ある分野なら日本一と呼べる作家もいる。情報系なら多聞《たもん》さん、感動系なら広目《ひろめ》さん、オタク系なら持国《もちくに》うずらくん、コントなら馬頭《めず》さん、恋愛系なら薬師《やくし》さんかな。音楽系だと宝生《ほうしょう》さんが一番担当本数が多いかも」

番組のエンドロールでよく見る名前ばっかだ。

特定の分野で力を発揮しても日本一と呼べるのか。

おれがなりたいのは、

「おれは、熱い番組ばっかやりたいっす。その上で、青島志童以上に日本一と認められたいです」

植田は楽しげな顔をした。

「なるほど。花史くんは？」

花史に耳打ちされたことを伝える。

「なんでもいいです」

「なんでも？」と植田が訊き返す。

おれはまた代弁した。

「日本一と認められたら。強《し》いていえば、愛のある番組をつくりたいです」

愛か。そんな番組もいいな。うん、すげえいい。

植田は少し考えてから口を開いた。

「二人とも日本一と認められたいのか……ただ、了くんのほうが難しいね。放送作家はやりたい番組ばかりをやれないから」

自分らしさを見せたいなら小説家か脚本家になれと、韋駄もいっていた。

「遺恨ピンタ」をやってみて、その意味もなんとなくわかった。放送作家はクライアントの要望に応《こた》えないといけない。好きな企画ばかりをできるわけではないんだ。

「やっぱ、熱い番組ばっかやって日本一になるのは無理なんすかね」

おれは考え込む。

「難しいけど、無理じゃないと思う」

植田は優しくいった。

「たとえば、韋駄さんはクライアントの要望に応える作家だ。自分の好みを捨てて、平均点以上の企画を素早く仕上げるスタイルなんだ。『日本一仕事が速い作家』ともいえる」

たしかに速かった。ただ、あのやりかたが成立してるのは弟子を使ってるからだ。しかも、必要以上に弟子のギャラをピンハネしてる。

ふと思い出した。

「韋駄天時代も、『韋駄源太らしい企画』って見たことないっす。弟子の出した企画をブラッシュアップして仕上げてたけど、癖がないっていうか……」

「あえてそうしてるんだよ。自分らしい企画にこだわると時間も手間もかかるし、こだわりが強すぎる作家はクライアントにも嫌われるから」

「金を稼ぎたいからそうしてるんすか？」

「どうだろうね。ただ、それがプロの仕事ともいえる。だからこのタイプが一番重宝されるんだけど、正反対のスタンスで認められている作家もいるんだ」

おれの頭にある男の顔が浮かんだ。

「それって――」

「青島志童。彼は自分を貫《つらぬ》きながら、日本一と呼ばれてる」

そう、おれは青島志童らしいとんでもない企画が好きだ。

竜巻の中でコントをする番組、スポーツをしながらお見合いをする番組、旅をしながら整形手術をしていく番組……突拍子もないけど見事に番組として成立している。その自由度を見ていると、青島は自分を殺しているようには見えない。むしろ自分を出してそうだ。

「自分らしい企画が……圧倒的におもしろければいいってことすか？」

「半分は正解だね」

植田がいったあと、花史に耳打ちされる。

「青島志童は、『自分』と『クライアント』の要望に応えています」

おれが伝えると植田が感心したように目を見開いた。

「さすがは花史くんだ。それでも……八十点かな」

話についていけねえ。バカなおれはわからないから訊くしかない。

「正解は？」

植田は口元をやわらかくさせた。

「青島さんは、三者の接合点をついてるんだ」

「……どういうことすか？」

「何年か前に、旅行代理店から旅番組の制作を依頼されて、プロデューサーと青島さんとおれで会議をしたことがあってね」

「植田さん、青島志童と知り合いなんすか⁉」

つい前のめりになる。

「いや、おれはプロデューサーに呼ばれて、初めて青島さんを見たんだけど。すごかったよ」

呆れたように笑う。

「青島さんは担当者に次々と質問をぶつけて要望を探った。そして三十分もしないうちに青島志童らしい尖った企画をつくったんだ。担当者は『こんな番組をやりたかったんです！』と感動してた。番組も高視聴率を記録した。つまり、『自分』と『クライアント』、それに『世の中』の興味の接合点をついたんだ」

自分も周りも殺さずに、全員の納得する企画をつくる。

すげえな。もちろんそれが理想だけど……。

「そんなことできるんすか？」

「青島さんはやってる」

「……たしかに」

青島志童の企画は観た瞬間にわかる。青島らしさを言葉にするのは難しいけど、とにかく「規格外」だ。クライアントも世間もおれも、その企画をおもしろいと思ってる。

担当番組数は韋駄のほうが青島より多い。担当番組の平均視聴率も韋駄が上だろう。だけど、人々の記憶に残る番組をつくってきたのは青島だ。ファンも青島のほうが多い。おれは青島みたいな作家になりたい。

「了くんの興味は『熱さ』だ。けどそれは、『遺恨の解消』だけじゃなく『スポーツ』や『勉強』や『恋愛』にもある。青島さんと似たようなことはできるんじゃないかな」

熱さにもいろいろある。おれもみんなの興味を引く熱さを探っていけばいいんだ。

「はい……そうします！」

「花史くんも、そんな愛のある企画をつくれば？」

花史は大きくうなずく。

「あとは、話題になるゴールデンの企画を通すことも大事だ。名前が売れて仕事が増えるほど人脈も増えて腕もつく。テレビ局のプロデューサーは紹介していくよ」

「ありがとうございます！」

目指す道がはっきりした。

おれたちの当面の目標は、依頼された仕事の中で自分らしさを出すこと。そして話題になるゴールデンの企画を通すことだ。

「了ちゃん、ラーメンと取り皿、お待ちどおさまね」

「ありがと、おやっさん」

店主のおやっさんがラーメンと取り皿を差し出す。週に三回もきているからすっかり仲よくなった。

おれはラーメンを少しだけ取り皿に入れて花史に差し出す。花史は両手で取り皿を受け取った。

「もしかして、花史くんはそれだけ？」

花史が微笑しながらうなずく。

「花史、人に見られてるとあんま食べられないんす。おれと二人だけなら大丈夫なんすけど……」

おれが苦笑いすると、植田は顔を曇らせた。

「そうなんだ」

そういえば、さっきもこんな顔をしていた。

「どうか……したんすか?」

「いわないといけないことがある」

植田は背筋を伸ばした。

「レギュラー番組だけど、二人を雇えなくなった。申し訳ない」

頭を下げる。

おれたちは植田が演出しているレギュラー番組に入れてもらうはずだった。料理研究家がスタジオに招いた芸能人に料理を教える、食品メーカー一社提供のグルメ番組だ。

「スポンサーの意向でリニューアルが決まったんだ。そのタイミングで制作費も大幅に削られることになった」

番組制作費が少なくなったらまず作家から切られる。バラエティ番組はドラマや映画と違って構成がシンプルだ。アイデア出しや台本書きは、最悪ディレクターだけでもやれる。前に直江がそういっていた。

いきなりすぎて動揺するけど、植田は悪くない。責任を感じてほしくない。

「しかたないっすよ。なあ?」

花史が残念そうにうなずく。おれは元気にいう。

「二人で入れる番組があれば、また誘ってもらえたら——」

「違うんだ。一人分のギャラは確保した」

植田が顔を上げた。

「リニューアルの企画はまだ決まってない。レギュラー会議でその企画を出してもらって、プロデューサーに採用された一人に入ってほしい」

おれたちはだまる。

つまり……二人で戦って、勝ったほうだけが番組に入るってことか？

「プロデューサーとも話して、それが最もフェアな決めかたじゃないかって話になった」

「けど、おれたちは……」

一緒に韋駄天から出た。これから二人でやっていくと当然のように思っていた。

「二人でやりたいよね。ただ、放送作家は一人でやってける力がないと生き残れない。日本一を目指すなら早く自立したほうがいい。他人に依存しすぎてもいけないと思うんだ」

「自立……」

おれたちは五年で日本一の放送作家になりたい。最速で上り詰めるのなら、少しでも早く独り立ちしないといけないのかもしれない。

でも……花史は一人でやってけんのか？

とんでもなく人見知りで、いまだにおれ以外の人と話せない。

やっぱり……放っておけねえよ。

植田にそういおうとすると、花史に耳打ちされる。

驚いたおれは無言になる。

「花史くん、なんて？」

植田に訊かれ、おれは答えた。

「わかりました……と」

なんで、こんなこと……？

花史の顔を見る。その真剣な表情から、覚悟のようなものが伝わってきた。

植田はおれたちを思って提案をしてくれた。せめてどちらかは入れたい。花史もそれをわかってるんだ。

「了くんは？」

植田に訊かれる。

返事ができずにいると、花史はおれを見つめながらうなずいた。

「……はい。わかりました」

花史の気迫におされ、つい植田にいった。

「それじゃ、二人にはスポンサーの望む企画を考えてほしい」

植田が仕切り直すように笑顔をつくった。

もう答えちまった。やるしかない。

おれは頭を切り替えて、植田の話に集中する。

「スポンサーの要望は、見たことのないグルメ番組だ」

見たことのない――。

グルメ番組は人気があるだけに数も多く、いろんな企画が放送されてきた。それだけに企画はもう出尽くしているように思える。

「難しいっすね」

花史に耳打ちされる。

「突拍子もないキーワードを掛け合わせればいいです？」

「そうだね。企画はキーワードの組み合わせだ。グルメとかけ離れた言葉を合わせたらいいかも」

花史はやっぱり賢い。

「来週の月曜から、週一のレギュラー会議に参加して企画を出してくれ。三週間で企画を固める。一ヵ月分のギャラは二人に出すから」

花史の明るいうなずきに引っ張られるように、おれも「うっす」と返事をした。


「ごちそうさまでした！」

ラーメン屋台の前で、おれと花史は手を挙げながら帰っていく植田を見送った。

その姿が見えなくなったあと、花史にいった。

「なあ……いいのかよ？」

おれはまだ気持ちの整理がついてない。

「明日から了くんとは話しません」

花史が笑顔でいった。

「えっ？　なんで？」

「ぼくたちはライバルです。お互いの企画にアドバイスをすることも禁止です」

お互いに全力で戦うためにおれをライバルだと思うようにしたのか。たしかにいつも通りに仲よくしてたら戦いにくい。

そういうことなら。

「わかった。正々堂々と戦おうぜ！」

「はい」

花史はぺこりと頭を下げ、駅に向かって歩いていった。

けどあいつ……会議で声を出せるのか？

……いや、そんなことは考えんな。花史の気持ちを汲《く》まないとな。

戦うからには絶対に負けないぜ。おれの企画でスタッフたちを熱くさせてやる！

と、意気込みながら家に帰ったのだが、おれは早くもつまずいた。

グルメにいろんなキーワードを掛け合わせ、なんとか熱い番組にしようとノートに書いていくけど、

グルメ×達人
グルメ×クイズ
グルメ×値段当て
グルメ×旅
グルメ×大食い

どこかで見たような企画ばっかだ。斬新《ざんしん》な切り口がぜんぜん思いつかねえ。

ただ、苦労するのは当然だ。

この何十年、みんな斬新なグルメ番組をつくろうとしたはずだ。だからこそ、いろんな切り口が生み出されてきた。今までにない企画がそう簡単にできるわけない。

これは一発花史に相談するしか——スマホを手にとろうとして我に返る。

……やべぇ。

普通に花史に相談しようとしてた。

あいつはライバルだ。おれたちには自立が必要なんだ。いつまでもあいつに頼れない。

おれは家を出た。

既成概念を取っ払わないといけない。グルメとかけ離れたキーワードを探すんだ。

おれの企画でスタッフたちを熱くさせたい。そのためには、どんなキーワードを掛け合わせればいいんだ？

おれはぶつぶつと独り言をつぶやきながら近所を歩き、朝方まで頭を回転させ続けた。


「プロデューサーの西《にし》です。このたびは勝手なお願いをしてすみません」

太陽テレビの会議室で局員の西智美《ともみ》がおれと花史に深々と頭を下げた。

刈谷みたいな中年の男かと思ってたら、やたらと腰の低い二十代中ごろの女性だった。

「西は若いけど優秀なんだ」

植田がいうと、西は「そんな……」と顔の前で何度も手を振った。

「この番組で初めてプロデューサーを任されたんですが、植田さんに頼りっぱなしです。将来は植田さんみたいな演出家になりたいんです」

植田にはＡＤ時代から世話になってるらしい。別の音楽番組ではディレクターをしているそうだ。さすがは植田だ。フリーなのに局員の目標になってる。

「企画を思いついたら西に出せばいいよ」

「編成部から定期的に企画募集がかかるんです。こちらとしても助かるので、募集がかかったらお二人にご連絡しますね」

西は恥ずかしそうにいった。おれたちに少し人見知りしているようだ。

彼女は「遺恨ビンタ」も観てくれたらしく、企画をベタ褒めしてくれた。

いい人そうだ。

でも、同時に若くて経験も浅そうだ。どことなく頼りない気もするけど、ちゃんと番組の最高責任者を務められてんのか？

おれと花史はほかのスタッフとも名刺交換した。ディレクター、AP、AD……夕方三十分の小さなレギュラー番組だけど、会議室には総勢十人のスタッフがいた。

挨拶を済ませたあと、おれと花史は隣合わせて席につく。

植田が切り出した。

「早速だけど、リニューアル企画をプレゼンしてほしい」

これから三週間、このレギュラー会議の前半一時間でリニューアル企画について、後半一時間でレギュラー放送について話し合う。おれたちが参加するのは前半だけだけど、勉強のために後半も見学させてもらうことになった。

「そんじゃあ、おれからいきます」

花史の表情をうかがわずにいう。緊張した顔を見たら情が移りそうだったからだ。

「おれの考えた企画は、『こども料理王』です！」

大人顔負けの料理の腕がある二人のこどもがお題の食材を使って料理をつくり、ゲスト審査員が試食して勝者を決める。勝ったこどもは次週も出演し、別のこどもと戦う。五週勝ち残ったら勝ち抜け決定。年末には勝ち抜いたこどもを集めてグランドチャンピオン大会を開催する。そこで優勝したら、こども料理王の称号を与えられる。

グルメとかけ離れたキーワード、かつ熱い企画を考えたら「天才キッズ」が最もしっくりきた。

おれのプレゼンを聞いたスタッフたちは配られた企画書を見ながら「へえ、楽しそう」とか「見たことないですね」などとリアクションした。

思っていたよりは熱いリアクションではなかったけど、感触は悪くない。

「こどもらしく本気でぶつかり合い、戦ったあとはお互いを認め合って握手する。そんなエンディングが理想です！」

おれは堂々といった。

「了くんらしい企画だね。西、どう思う？」

植田が、隣に座っている西を見る。

「植田さんより先に感想をいうんですか？　公開処刑ですよ」

自信なげに笑う。

「プロデューサーは西だ」

植田はおだやかにいった。西の意見を尊重したいのだろう。

西は困ったように微笑み、「……わかりました」と話しはじめた。

「普通なら大人がつくる料理に、こどもというワードを合わせたことで意外性がありま す。番組のイメージも平和でいいですね」

意外とわかってるな。この企画で苦労したのはキーワードのチョイスだ。

グルメ番組はおだやかな気持ちで観たい。過激なキーワードを合わせればいいってもん じゃない。

ところが、西は複雑そうな表情をおれに向けた。

「ただ……こどもを戦わせることに嫌悪感を抱く視聴者もいるかもしれません」

「そうだな」

植田が静かに同意する。

「それに、大城さんの理想のエンディングにならない恐れもあります」

申し訳なさそうにおれを見つめる。

「別の番組でこどもの企画をやったことがあるのですが、こどもって自制が利かないんです。負けたら怒ったり泣いたりするかもしれません」

的確すぎて、ぐうの音も出ない。西をナメていた自分が恥ずかしくなった。

頼りないなんて、とんだ勘違いだ。西はおれより年齢も経験値も上だ。その上、高い倍率を勝ち抜いてテレビ局に就職してる。おれよりもよっぽどテレビをわかってるんだ。

「そうなったら視聴者を嫌な気持ちにさせる。そこをどうするかだな」

植田の言葉を聞いたおれは意気消沈する。

「ところで、MC案はセンターヒットの小山田さん。【出演承諾済み】と書かれていますけど……」

西に訊かれ、顔を上げた。

「小山田さんに相談したら出てくれると。ギャラはいくらでもいいそうです」

「え……スケジュールあいてるんですか?」

西が目をでかくする。

「なんとかとってくれるそうです」

「小山田さんが出てくれるだけで、スポンサーは興味を持ちますよ」

西が前のめりになる。いいぞ。熱くなってきた。

小山田は料理が好きだ。MCに適任だと思って企画書をメールしたら、二つ返事でオーケーしてくれた。深く考えずに頼んだけど、小山田が出るだけで視聴率は上がるかもな。

「あとは、出場者がどれだけいるかだな。来週までにそのリサーチ資料と懸念点をクリアした企画書を用意できるかな？」

植田にいわれ、「うっす！」と声を出した。

ほっとして肩の力が抜ける。ダメなところもあったけどまずまずだ。

さあ……次は花史だ。

おれは目の前に置かれた資料の中から花史の企画書を探す。だが、

「了くん、ちょっと待って」

植田に止められた。

「次は花史くんだ」

植田は花史を見つめる。

周りのスタッフたちも企画書ではなく、花史を見つめていた。

……なんでみんな紙を見ない？

隣に座っていた花史を見ると、青白い顔をしていた。

そして緊張の面持ちで口を開くが、声が出ない。

また口を開くけど、出ない。

やっぱり……話せないんだ。

西と植田が険しい顔をする。

「プレゼンできなくても、企画書を見れば……」

おれはつい口を開くが、

「……いや」と植田が静かにいった。

「西とも話したんだが、これからも番組に貢献できるほうに入ってほしいんだ。スタッフとコミュニケーションをとれなければ、企画書は見ない」

放送作家の仕事はスタッフたちと一緒にやる。会議や台本打ち合わせやほかの仕事も誰かと話さなければできない。それがやれると証明しなけりゃいけないってことか。

花史にとっては、とんでもなくぶ厚い壁だ。克服できんのか?

「花史くん、来週までにプレゼンできるようにしてくれ」

花史はコクリとうなずいたあと、首を垂れてドーンと落ち込んだ。

会議後、植田はおれと花史に話しかけてきた。

「直江くんから聞いていた通りだ。了くんには人に信頼される力や行動力があるけど、理想を形にする力がまだ足りない」

その通りだ。漠然とした理想はあるけど、そこまでの道筋を理屈で詰められない。「遺恨ビンタ」も花史のおかげで五試合目ができたんだ。

「花史くんは企画力があるけど、人見知りで行動力も足りない」

いくら賢くても、他人とスムーズに協力できなければ仕事は務まらない。

「お互いの持っているものが、お互いに欠けている。この弱点を克服することが、自立への一歩だよ」

花史は植田にペコリと頭を下げ、会議室をあとにした。

おれは追いかけようと腰を上げるが、座った。

助けたらダメだ。助けたいけど、ダメなんだよ。


一週間後、二回目の会議が始まった。

「今日はどっちからプレゼンしようか？」

植田がいうと、花史が手を挙げた。気合いの入った顔をしてやる気満々だ。

声を出せるようになったのか？

と思ったのも束《つか》の間《ま》――出ない。

青白い顔で口をパクパクさせて、何度も話そうとするけど、どうしても話せない。「あ……」とか「う……」とかいう短い声だけが会議室に響く。

その懸命な姿を見て苦しくなった。手を貸したいけど貸せない。おれは声をかけるのを必死にこらえる。つらいけど、我慢するんだ。

「植田さん、企画書だけでも……」

西が耐えきれずにいう。おれと同じ気持ちだったようだ。

「おもしろくても採用できないだろ?」

西は「……はい」とうつむく。

「花史くん、来週で最後だ」

植田がいうと、花史は落ち込みながらうなずいた。今日もスタッフたちは花史の企画書を見なかった。

「次は了くんだ」

植田が無理に明るい声を出す。

おれは花史が気になるけど、自分の企画に集中する。

「先週の企画を、こどもが達人に挑戦する形に変えました」

こども同士ではなく、こどもがプロの料理人にチャレンジする形にした。負けて当然の胸を借りる戦いだから、こどもが可哀想に見えないし、怒ったり泣いたりしない。

こども限定の料理コンテストが定期的に開催されていることがわかったから、その出場者たちを調べて資料にもした。

「懸念点もクリアできてるし、これだけ出場者がいればレギュラーでも成立しますね」

西が感心しながら資料に目を通す。

「はい。あと……」

おれは言葉を止め、落ち込む花史を見つめる。

この先を話したくない。

でも手を抜いたらいけない。花史に失礼だ。

「撮影してきました」

ＡＤがノートパソコンをクリックすると、会議室のモニターに料理をするこどもが映し出された。会議の前にこうしてほしいと頼んでいた。

「今年の料理コンテストで優勝したこどもに連絡して、知り合いのラーメン店主と対決してもらいました」

西麻布にあるラーメン屋台のおやっさんをこどもの家に連れていき、ラーメンづくりで勝負してもらった。

試食して判定したのはこどもの両親。勝者はおやっさんに決まったけど、こどもは嬉しそうにこういった。

「プロと戦って勉強になりました。もっと料理を頑張ります」

理想のラストをイメージしただけじゃ失敗するかもしれない。だから実際にどうなるか見てみた。おれの武器は行動力だ。自分の武器をフルに生かして戦うしかない。

西や植田、スタッフたちは感心した。想像していたほど熱い反応じゃなかったけど、やれることはやった。

おれの企画は固まった。来週の花史のプレゼンのあと、どちらの企画をスポンサーに提案するか決めることになった。

会議のあと、花史は前回以上にドーンと落ち込んでいた。

おれは無言でその姿を見つめる。

これでおれがまた一歩リードした。とはいえ、このままじゃ不戦勝になっちまう。

……話せる方法くらい二人で考えてもいいだろう。

「なあ、花史――」

けれど花史は立ち上がり、おれを無視して会議室を出ていった。


その夜、一人で西麻布のラーメン屋台にいった。

カウンター席に座って注文を済ませたあと、おやっさんの顔を見る。

「おやっさん、プレゼン成功したよ」

「そっかあ、よかったね」

おやっさんはラーメンをつくりながら屈託のない笑顔を見せた。

「よかったのかな……」

浮かない声をもらすと、おやっさんは不思議そうな顔をした。

「いや、ありがと」

おれは明るくいった。

ずっと引っかかってる。なにかが違う気がしてる。

このモヤモヤはなんだ？

気持ち悪さを言葉で説明できない。またた。バカなおれはいつもこうなる。

頬杖《ほおづえ》をついて考えていると、おやっさんが丼と取り皿を差し出してきた。

「はい、お待ち。ラーメンと取り皿ね」

「取り皿……頼んだっけ？」

「頼んだよ。つけ麺《めん》みたいにすんの？」

戸惑いながら受け取る。花史はいないのに、いつもの癖で頼んじまった。

ここで花史と企画の相談をしていたころを思い出す。あのころは熱かったけど……今は自分でも驚くくらいに冷めている。

もしかしたら、このまま花史とは会わなくなるかもしれない。でも……たとえそうなったとしてもしかたない。

いつかは一人にならないといけない。それが放送作家なんだ。

おれはラーメンをすすった。

一人で食べるラーメンは、いつもより味気なかった。


一週間後、審判の日がやってきた。

おれはすでに企画書を直して西と植田にメールしている。あとは花史のプレゼンを待つだけだ。

花史は会議時間ピッタリにやってきて席についた。いつもよりもさらに顔色が悪い。

このままだとスッキリしないから、なんとかプレゼンを成功させてほしい。スタッフ全員がそう思ってるだろう。

けれども、現実は厳しかった。

花史はやっぱり声を出せなかった。何度も出そうとするけれど、言葉にならない。

会議室は葬式のように静まっていた。

「……しかたないな」

植田がいった。

ちょっと待ってくれ。花史はすごいんだ。本当にすごいんだよ。それを知る前に終わるなんて……。

「了くんの企画に――」

そう植田が口にしたときだった。

「これからプレゼンを始めます」

花史の声がした。

しゃべった？

思わず隣に座る花史の顔を見る。けど口は閉じていた。

「話せなくてすみません。ぼくは人前に出ると緊張して声が出なくなります」

花史の声だ。なのに、口は動いていない。

混乱していると、花史は握っていたものを机の上に置いた。

「音声レコーダーでプレゼンしてもいいでしょうか？」

花史はレコーダーの一時停止ボタンを押す。

録音してきたんだ。

これでオーケーにするか微妙なところだけど……よしとしてくれ。

祈るような気持ちで西を見つめる。

「……わかりました。お願いします」

心底ほっとする。完全には納得していないかもしれないが、努力を買ってくれたんだ。

花史はぎこちなく頬をゆるめ、レコーダーのボタンを押した。

「ありがとうございます。企画書をご覧ください」

これでやっとまともに戦える。不戦勝なんて気持ち悪いもんな。

花史に勝てる自信はある。

お題は見たことのないグルメ番組。おれは死ぬほど考えてあの企画を思いついた。リライトにも何時間もかけたし、小山田も仕込んだんだ。いくらなんでも、あれを超える企画を簡単には思いつけないはずだ。

さあ、グルメにどんなキーワードを掛け合わせたんだ？

企画書を目にすると同時に、花史の音声が聞こえた。


「ぼくがグルメと掛け合わせたワードは、『死人』です」


死人……だと？

その単語のやばさに、息が止まりそうになった。

「タイトルは『天国からの出前』。母親、友人、恋人、行きつけの店の料理人、下宿先のおばさん……故人の料理の味を再現し、依頼者の芸能人に食べてもらいます。食べたあとは、ＣＧで制作した故人からのメッセージビデオも流します。依頼者は天国から出前が届いたような錯覚に包まれます。明日を生きる勇気をもらえる番組を目指します」

会議室から音が消えた。

それは、誰もが「見たことのないグルメ番組」だと思った証拠だった。

しばらくしんとしたあと、植田が切り出した。

「死人を蘇らせるか……道徳的に賛否両論が起こりそうだな」

「しかし、企画の趣旨は前向きです」

と西が熱のこもった声をあげる。

「企画書の構成だと、最初に依頼者と故人の関係を丁寧に描いたVを見せる。メッセージビデオも詳しい取材をもとにつくります。死者を冒瀆《ぼうとく》する企画にはなりません」

そういって男性ディレクターが真剣に企画書を見つめる。

「けど、少しでも表現を誤ったら苦情がきますよ？」

女性ディレクターが眉をひそめる。

「CGの制作費も壁だな。この番組の予算だと足りないかもしれない」

植田が悩ましげに腕を組む。

するとと花史がスタッフたちになにかを見せた。

大きめのスケッチブックだ。

そこには、太い文字でこう書かれていた。

『特殊メイクはどうですか？　相場を調べたら、ＣＧよりも制作費が安そうでした』

カンペみたいに、スケッチブックにマジックで文字が書いてある。

今書いたんだ。こうすれば筆談でもコミュニケーションをとれる。

「なるほど」と植田がもらして続ける。

「知り合いの特殊メイクアーティストに訊いてみるか。ＣＧも専門家に相談してみよう。やりようがあるかもしれない。それでも、道徳的な問題をどうするか……」

「制作時間も考えたいです。レギュラーでやっていけますか？」

女性ＡＰも話し合いに参加する。

スタッフたちが意見を交《か》わしていく。賛成意見もあれば反対意見もあった。

おれは抜け殻のように、その様子をただ見つめていた。

その光景には、おれの求めていた熱さがあった。おれの企画も、こうしてみんなで熱くぶつかり合ってほしかった。

悔しくはなかった。諦めと落ち込みと情けなさが胸に広がっていた。

ただ一人、その場にぽつんと取り残されていた。

いつもはリニューアル企画は前半の一時間だけやっていたが、今日は後半の一時間も使った。それほど白熱した会議だった。

会議時間の終了間際、植田がいった。

「そろそろ決めよう。西、どっちにする?」

西はしばらく黙ったあと、決断した。

「わたしは、乙木さんの企画を進めたいです。賛否両論もあるだろうし、実現も難しいかもしれない。でも、ここまで会議が盛り上がった。まだまだ詰めないといけませんが、検討する価値があると思います」

そして花史を見つめる。

「乙木さんには、しばらく筆談でスタッフとやりとりしてもらい、ゆくゆくは声を出してコミュニケーションをとってもらいましょう」

花史の企画書を見た瞬間から、おれの頭には二文字が浮かんでいた。

——才能。

たった一枚だ。おれが何日もかけて他人の力も借りてつくった企画は、たった一枚の花史の企画書に負けた。

なんだよこれ。おれとは持ってる頭が違いすぎる。こんなやつにどう勝てばいいんだよ?

花史は自分の弱点も克服した。プレゼンは音声レコーダーでできるし、スタッフとの会話はカンペ出しのような筆談でやれる。

なにをどうしたって花史には勝てない。勝てる気がしない。

……いや。

待て。ちょっと待てよ。

おれは折れそうな心を必死に立て直す。

違うだろ。おれはまだ素人同然なんだ。まだ始まったばっかだ。これからもっと伸びる。これでまた成長できる。ここから這《は》い上《あ》がれるんだ。

そうだよ。まだ希望はある。

顔を上げて笑顔をつくった。こんなところで終わってたまるかよ。

おれの表情を見た植田が安心したように顔をゆるませ、口を開いた。

「それじゃ、この番組には花史くんに――」

「辞退します」

そういって、花史が立ち上がった。

スタッフたちに「すみません」と頭を下げ、

「了くんが入ってください」

おれを見つめる。レコーダーじゃない。花史が笑顔でおれにいった。

「お前……話せるのか？」

おれはいう。

花史はハアハアと息を荒くさせていた。

「あれ？　なんで……話せるんで……しょう」

笑顔のまま倒れた。


「花ちゃん軽いけど、ここまでおぶってきたら疲れたでしょ？」

「……いえ」

うつむきながら答えた。

おれは「もんじゃ文」のカウンター席に文と座っていた。

あのあと西はすぐに救急車を呼ぼうとしたが、花史に止められた。

ここ数日、花史は体調を崩していたそうだ。「家に薬がある」というため、おれは花史をおぶって電車に乗りここまで連れてきた。まだ夜の八時だったのに、文はすぐに店を閉めて花史を二階の部屋に寝かせた。

会議で花史が最後に話せたのは、熱のせいで周りが見えなくなっていたからだろう。

「すいません。花史のこと頼まれてたのに……」

「了くんのせいじゃないわ。今日も止めたんだけど、きかなくてね」

ため息まじりに笑う。

最初の会議から青白い顔をしていた。もしかして、あの日から……。

「二人はライバルになったんでしょ？」

文には話してたのか。

「おれが負けました。花史の賢さが羨《うらや》ましいです。けど、なぜかおれに番組に入ってほしいって……」

笑いながら本音がもれる。今までも何度も羨ましいと思ってきた。自分がバカだから余計に思うんだろう。

「花ちゃんも、了くんを羨ましがってるよ」

「……おれを？」

文が口を閉ざす。そしてさらさらの髪を耳にかけ、おれを真剣に見つめた。

「花ちゃんね、小さいころは他人とよく話す子だったの」

そんなイメージはない。よく笑いはするけど大人しいし、他人とも話せないから。

「なんで、あんなふうに？」

「いじめられたの」

文は悲しそうに微笑んだ。

「花ちゃん、昔から頭がよくてね。授業でもよく発表して、女の子たちにも勉強を教えて……だから一部の男の子たちから妬《ねた》まれてね」

頭がいいから、いじめられたのか。

「そのころは母親も生きてたけど、心配かけたくなかったのね。ずっと隠してて、体のアザを見つけてようやくわかったのよ。いじめっ子たちは大人にばれないように、花ちゃんの胸やお腹ばかりを殴ってた」

胸くそが悪いぜ。やることが汚すぎる。

「いつの話すか?」

「小学校三年生のころ」

そんな小さいころかよ。

「それからは一度も学校にいけなかったし、知らない人とも話せなくなった。自己主張をしたら嫌なことが起こると思ってる」

人に嫌われるのが怖いから声が出なくなった。自分を守るために本能が話すことを拒《こば》んでるんだ。たしかに、他人と話せるおれが羨ましいだろうな。

「放送作家の仕事を始めてからは、普通の人の何倍も頑張ってたと思う。今までは了くんがいたけど、最近は一人だったから余計に疲れたのね」

おれがここに初めてきたとき、文は心底ほっとしていたように見えた。韋駄天会議の初日は、花史にとっては他人と接点をつくれた特別な日だったんだ。

花史はすでに限界以上に頑張っていた。

それなのに、最近は会議でも無理に話そうとして、おれにも頼れなかったから体調を崩した……どんだけキツい思いしてきたんだよ。

「なんで、そこまで無理して……」

「一人しか番組に入れない話を聞いたとき、花ちゃんを心配してくれたんでしょ？」

そういえば……おれは心配していた。

「了くんの顔を見たときに頑張らなきゃって思ったって。あの泣き虫の花ちゃんが……了くんは特別なのね」

おれに迷惑をかけたくなかったのか。

「でも結局、一人じゃ続けられないと思ったのよ」

花史は一人で他人とコミュニケーションをとること自体が疲れるんだ。このままだとまた熱が出ると思ったから、おれに譲ろうとしたのか。

おれは考える。

花史を助けてやりたい。そうしたいけど。

「おれたちは……自立したいんです。依存したらダメなんです」

文は柔らかい微笑みを見せた。

「依存は人の成長に必要なものよ」

思いがけない言葉だった。依存はいけないものだと思ってたから。

「そうなんすか?」

「了くんがイカダに乗って海をさまよっていたら、イカダに乗っている花ちゃんを見つけた。花ちゃんのイカダに乗り移るのは悪い依存だけど、いい依存もあるの」

なにいってんのかぜんぜんわかんねえ。

文は元・銀座No.1ホステスだ。花史と同じで頭がいいんだろう。

それに比べて、なんでおれはいつもいつも。

「おれはバカだから、よくわかんないっす……」

「考えてみて。きっと成長できるから」

文はまた笑った。その笑顔はおれを包み込むように優しかった。難しいことを考えるのは苦手だけど、不思議とその言葉は信用できて素直に考えてみる気になる。

「……了くん」

振り返ると、パジャマ姿のパンダが立っていた。花史だ。二階から降りてきたんだ。

「花ちゃん」

「お前……寝てろよ」

文とおれは心配する。

しかし花史は自分の口を両手でおさえ、前屈みになった。

「うふっ、うふふっ……」

肩を震わせながら笑ってる。

「ど……どうした？」

「了くん、やばい企画を思いつきました」

花史は笑いをこらえながらいった。

やべえぞ。熱が出ておかしくなったのか？

ドン引きしていると、息を荒くさせながら笑顔で近づいてきた。

「『こども料理王』、システムを変えられないでしょうか？」

花史は番組に入るつもりはない。だけどスポンサーに見せるおれの企画をもっとおもしろくしたいんだ。

「おれのために……そこまですんなよ」

「違います。自分のためです」

花史はにっこり笑った。

「おもしろい企画はもっとおもしろくしたくなります。考えはじめると止まらなくなって楽しくなるんです。だから、自分のためなんです」

こいつは、おもしろいことが本当に好きなんだ。

「……聞かせてくれ」

おれは花史の改善案を聞いた。

やっぱり花史はすごかった。おれなんかじゃ思いつかないことを簡単に考える。おれも意見を出した。二人でしばらくアイデアを出し合った。

おれは時間を忘れるほど熱くなっていた。やっぱり、花史と企画の話をするのは最高に楽しい。こんなに楽しいことは、ほかにないかもしれない。

「なるほど。そうすれば成立するな」

「はい」

ふと周りを見ると、文が消えている。

店内の時計を確認したら終電時間をとっくに過ぎていた。文はもう二階で寝てるんだ。

「やべえ、終電終わってるぞ」

「うちに泊まってください」

「でも急によ。文さんにもいってないし」

花史はカウンターの上を指さす。書き置きがあった。

『了くん、二階の居間に布団を敷いておくね。文より』

こんなの書いてくれてたのか。ぜんぜん気づかなかった。

と、思い出す。

「花史、西さんと植田さんがもう一回おれたちと相談したいってよ」

さっき植田からメールがきていた。どちらが入るのか、正式に決めたいそうだ。

「了くんが入ってください。ぼくが入ってもまた倒れます」

たしかに一人でやろうとしたら、またストレスがかかってそうなりそうだ。

「でもよ、花史のあの企画はすげえよ。正直、おれも観たいし」

花史のおかげで「こども料理王」はもっとおもしろくなったけど、「天国からの出前」には勝てない。やっぱりスポンサーには花史の企画を出してほしい。

切羽《せっぱ》詰まったおれたちは無言になる。

「本当は二人でやりたいです。ギャラなんていらないです」

花史はさみしそうにいった。

「おれだってそうしてえよ。引っ越し屋の貯金もまだあるし、金はどうでも――」

いいながら、気づいた。

そう、おれたちは二人とも、おもしろいことをしたい。

金はどうでもいいんだ。それぞれが有名になりたいわけでもない。

それなら。

「そうだよ。なんでこんな簡単なことを思いつかなかったんだ」

不思議そうな顔をする花史に、おれはあるアイデアを伝えた。

「大城さんも辞退する?」

太陽テレビの会議室で、西が目を丸くした。

あれから三日後、花史の熱が下がったために、西と植田とおれと花史で集まった。

「おれたちはまだ半人前だとわかったんです。一人で作家をするには早すぎます」

西と植田は顔を見合わせる。

「はじめはみんなそうだよ。失敗しながら仕事を覚えていくんだ」

植田がいった。

「中途半端《ちゅうとはんぱ》な仕事はしたくないんです」

おれは西と植田を熱く見つめる。

「そうですか……」

と西はうつむく。

そう、おれたちは半人前だ。だからこうすることにした。

これが、全てを解決できる方法だ。

おれは腹から声を出す。

「この番組には園原《そのはら》一二三《ひふみ》を入れてもらえないでしょうか?」

「……誰?」

植田が眉をしかめる。

おれたちは別のやつに任せることにしたんだ。そいつは、

「おれたち二人のペンネームです」

西と植田が驚く。

「もちろん、ギャラは一人分でかまいません」

ペンネームは花史のアイデアだ。「花史」と「大城」をローマ字にして並び替えた。アナグラムってやつらしい。なかなかいい名前だ。

「でも、日本一になるなら自立しなきゃいけない」

植田が複雑な顔をする。

おれたちのことを思っていってくれてるのはわかる。だけど、

「はい。ただ、二人だからもっと強くなれることもあります」

こういう考えかたもできる。

「おれがイカダに乗って海をさまよってたら花史のイカダを見つけた。花史のイカダに乗ったら負担になる。だけど、二人のイカダをくっつけたらもっと頑丈になるんです」

文の言葉の意味をずっと考えてきた。

バカな頭でおれなりの答えを出したんだ。

「おれたちは二人のほうが熱くなれる。二人なら一＋一が十にも二十にもなる。もっともっと、おもしろいことができる。テレビ業界の荒波も乗り越えられる気がするんです」

ずっとモヤモヤしていた。今すぐ無理に自立する必要はあるのかと。

文のいってた「いい依存」ってやつをしていけばいいんだ。おれには花史が必要なんだ。少なくとも、今のおれにとっては。

だったら、相手に寄りかからずに対等に、協力しながら進めばいいんだよ。

「そこまで安いギャラでやってもらうわけには……」

「時代が時代だから、あまりに低賃金なのもまずいんだ」

西と植田が渋《しぶ》る。

制作費を削られるんだから、もともとギャラは安かったはずだ。それがさらに半分になる。安すぎることもテレビ局としては問題なのかもしれない。

「ぼ……」

花史が口を開いた。

声を出そうとするけど、出ない。

けれど、また口を開けると、

「ぼく……も……おもし……いこと……した……いです」

なんとかいい切った花史は笑顔で息切れしている。

『ぼくもおもしろいことがしたいです』


そういいたいんだ。

言葉にならなくても、そう必死に伝えたかったんだ。

西はしばらく花史を見つめたあと、ゆっくりと顔をゆるめた。

「問題になったら……みんなで謝りましょう」

植田も諦めるように息をつく。

「そうするか」

「ありがとうございます！」

おれと花史は頭を下げた。

「二人で一人の放送作家なんて聞いたことないけど……おもしろそうだ」

植田がいった。

おれたちは二人で一人前……いや、二人で三人前にも四人前にもなれる。

園原一二三は、二人で日本一の放送作家を目指していく。

お互いを、助け合いながら。

#3「ゴールデンの企画を通すのはつらいよ」

おれたちが園原一二三を名乗ってから一ヵ月が経った。

グルメ番組は花史の企画、「天国からの出前」にリニューアルされることになった。初回のオンエアは一ヵ月後だ。

花史はいまだ会議では話せないけど、スタッフたちとは筆談でコミュニケーションをとっている。

声を出す会話ほど流暢《りゅうちょう》には意思疎通できなくても、それが小さな問題に思えるほど花史の出す企画案はおもしろい。おれよりも花史の企画案のほうが圧倒的に多く採用されている。

今日の会議でもコーナー案の宿題が出されていたのだが、おれの企画は採用されず、花史の企画だけが採用された。

会議が終わったあと、おれは会議室で花史にいった。

「また花史の企画だけか……昨日は五時間も考えたのに」

「了くんは会議でぼくの分まで話してくれます」

花史が嬉しそうにいう。

「そんなこと、誰でもできんだろ?」

おれが少し苛立つと、花史はきょとんとした。

「いや……そうだな」

おれは頬を上げた。

花史はなにも悪くない。けど、おれがやりたいのはそういうんじゃない。花史のフォローではなく、おれ自身が結果を出したいんだ。

ただ、まだ始まったばかりだ。これから腕をつければきっと花史とも対等になれる。

と、西に「大城さん、乙木さん」と声をかけられた。

「園原一二三さんにご相談があるんです」

ふと周りを見ると、会議室には植田も残っていた。

西はプリントをおれたちに渡した。

太陽テレビ編成部企画班

企画募集のお知らせ

太陽テレビの皆様、各制作会社の皆様、平素よりお世話になっております。

今月の募集テーマは以下の三つです。
①現在のタイムテーブルにないジャンルのGP帯企画
②少人数、短時間でも制作できる昼帯企画
③十代・二十代に刺さる深夜帯企画
皆様のアイデア際立つ力作をお待ちしています！


「編成から企画募集のメールがきたので、お知恵を貸していただきたいんです」

二ページ目からは①〜③の細かい説明が書かれていた。

これがテレビ局の企画募集。

企画募集をして採用を決めるのが編成部で、テレビ番組を現場でつくる西の所属している部署が制作部だったな。編成から定期的に企画募集がかかると、前に西がいっていた。

「いろんなテーマがあるんすね」

「はい。どのテーマで通っても一度は特番で放送されます。そこで好評を得たらレギュラーに昇格できるんです」

視聴率がよければレギュラーになるってことか。

「どこを狙うんすか？」

「植田さんとわたしとしては、ゴールデンプライム帯の十九時〜二十三時台がいいと思っています」

ゴールデンレギュラー番組。小さいころからこの時間の番組を最も多く見てきた。視聴率を一番獲得できる枠だ。

「理由は二つある」

植田が右手の指を二本立てた。

「一つ目は、君たちに十分なギャラを払えるから。深夜の番組制作費は二百万くらいからだけど、ゴールデンだと二千万以上のものもある」

「にっ、二千万⁉」

「作家のギャラも深夜だと一本三万からだけど、ゴールデンなら十万は確保できる。一本の番組をやるだけで君たちは生活できるんだ」

週一のレギュラーなら月に四十万円。生活するには十分すぎる金額だ。

「二つ目は、君たちが早く目標に進めるからだ。深夜や昼よりもゴールデンのほうが世間への影響力は大きいし、君たちの名前も売れる」

おれたちの目標は西も知っている。植田がおれたちに了承をとってから伝えてくれて、西も協力するといってくれた。

日本一を目指すなら、ここを狙わない理由がない。

だけど一つ気になった。

「どのくらい応募があるんすか？」

「各テーマごと二百～三百通です。何回かの選考を経《へ》て、それぞれ一つか二つの企画が採用されます」

「三百分の一……かなりの倍率っすね」

当然、ゴールデンに出される企画が一番多いだろう。一流の作家やディレクターたちの考えた企画が集まる。

「韋駄天でも出すだろうな」

おれはつぶやく。

韋駄天にいたころは週に一回、弟子たちが韋駄に企画を出していた。あのころも目ぼしい企画はこういった企画募集にも出していたのだろう。

「どうだろう。最近は弟子が減ってるらしいからね」

植田がいった。

「そうなんすか？」

「直江くんも了くんと花史くんもレギュラーをやってるし、独立したほうが得だと思った人も多いんじゃないかな」

おれたちがきっかけになったのか。それでも、二十人以上いたからまだ大勢残ってるだろう。

とにかく、いくら花史に企画力があっても一発で企画を通すのは難しそうだ。早く日本一になりたいのに……かなり苦労しそうだな。

と、花史がスケッチブックに文字を書いて見せた。

『ここに出す以外に、ゴールデンの企画を通す方法はないんでしょうか？』

おれはつい笑みをこぼす。

「そんな方法あれば誰でもやってんだろ。お前は頭はいいけど世間知らずっつーか……」

「あります」

「あるね」

「あるんすか⁉」

西と植田の声を聞いたおれはのけぞる。

「ただ、かなり難しいです」

「……というと？」

興味津々で西に訊く。

「これはあまりいい話ではないんですが……テレビ局と大手の芸能事務所には密接な関係があるんです。お互いの利益のために、双方の上層部同士が話し合うだけで、所属タレントをＭＣに起用した番組が決まることもあります」

そういう道もあんのか。

大きな事務所に所属する人気MCなら視聴率も期待できる。主演俳優が先に決まって、そのあとに俳優に合った脚本を考えるドラマも多いってなんかで読んだな。バラエティも同じか。

……待てよ。

ただ、おれは大きな事務所にコネなんてない。

「大きな事務所じゃなくても、人気のある芸能人のMC出演が決まってたら通りやすくなりますか？　おれがその人を勝手に口説くだけで、二人に迷惑はかけません」

「……小山田くん？」

植田に訊かれ、「いえ」と答える。

あの人にはリニューアル企画のMCもしてもらうし、頼ってばかりもいられない。それにおれが口説きたいのは小山田以上に人気がある人だ。

おれはいった。

「大河内丈一さんです」

植田と西が考える。

「……あるかもね」

「ええ。今一番数字を持ってますし。口説けたら、編成に直接かけ合うこともできます」

おれの憧れの強面俳優、大河内丈一、四十八歳。

トレードマークはガッチリ固めたリーゼントと、口の端《はし》からあごに伸びた切り傷だ。

三十年も売れない俳優をしてきたが、一年前に深夜のバラエティ番組に出演。「芸能人の素顔」というテーマで密着され、豪快な私生活と毒舌が話題になり大ブレイクした。

ゲスト出演した特番では毎回名前がトレンド入りし、映画やドラマ、CMの出演依頼が殺到。映画などで演じるのは怖い極道役ばかりなのに、雑誌の「好きなタレントランキング」でもトップ3入りし、大旋風を巻き起こしている。

おれは大河内の演技が好きだ。特別に上手いわけじゃねえけど、なぜか惹かれるものがある。豪快な素顔ばかりが注目されて、この演技の魅力をわかってるやつが少ないことが悔しい。

花史が目を輝かせ、スケッチブックを見せる。

『了くんの狙いに賛成です。最近は勝ち組のスーパースターより、苦節組が世間に支持されています』

「アイドル、俳優、オネエキャラ、落語家……ここ数年、ブレイクしている芸能人はみんな毒舌だ。嘘だらけの今の世の中で正直な人は気持ちがいいからね。まあ、炎上も多いけど」

植田が苦笑いした。大河内がバラエティに出演すると、偏った意見をはっきりいうためだいたいSNSで大炎上する。

西も前のめりになって続く。

「密着企画で見た競馬の豪快な賭けっぷりは気持ちよかったです。大酒飲みですし、一人の女性に縛られたくなくて独身なんですよね。チンピラ役を演じるために歯を十本も抜いたエピソードもおもしろかったです。公私ともに豪快だと毒舌も生きます」

顔の傷は若いころに暴力団に拉致《らち》された友人を助けたときに、日本刀で斬《き》られてできたらしい。腹にも刺し傷があって、恋人に五股《また》をしていたことがばれてナイフで刺されたそうだ。この二つのエピソードは密着企画で笑いながら話していた。

その番組で役作りを徹底する話も披露していた。役のために歯を抜いたり、二十キロ痩せたり、逆に三十キロ増やしたこともあるらしい。

みんな乗ってるし、大河内を口説けたら企画が通りやすくなりそうだ。

「ただなぁ……あの人、ＭＣをやらないんだよ」

植田が難しい顔をする。

「……そうなんすか？」

「うちの局でもオファーを出してますが断られています。それと……」

西が深刻そうにおれを見つめる。

「大城さんが心配です」

「……心配？」

「うちのプロデューサーが、以前しつこく大河内さんに出演を迫ったらしいんです。そしたら、『おれに喧嘩売ってんのか？』っていわれて……殺されると思ったそうです」

西は眉間にシワを寄せている。

「やばい噂《うわさ》もあるよね。若いころは暴力団と付き合いがあったとか……」

植田も顔を引きつらせる。

やっぱ怖い人なのか。

だったら……ちょうどいいな。園原一二三の根性担当、おれの出番だ。企画は花史に頼りがちだから、ここで役に立ちたい。

よっしゃあ、燃えてきたぜ！

熱くなったおれは勢いよく立ち上がる。

「企画書をつくって会いにいきます。花史、相談しようぜ！」

うなずき、花史も立ち上がった。

「大河内さんは知り合いの紹介でしか会えませんよ」

西がいった。

「ずっとフリーランスで、住所も電話番号もどこにも載せてないんです。ファンレターも受け取らないから、テレビ局や制作会社にたまってるみたいで……」

信用できる人としか仕事しねえのか。イメージ通り硬派だな。

「そうすか。けど問題ないです」

戸惑う西と植田を尻目に、おれと花史は会議室をあとにした。

そして翌日、

「大河内さん、おれたちの考えた特番のMCをしてください！」

広尾の小さな定食屋で、おれたちは大河内丈一と対面した。


「……誰だ？」

カウンター席に座っていた大河内が目をギラつかせる。テレビと同じドスの利いたガラガラ声だ。店の中には店主とおれたちしかいない。

「名乗るほどのもんじゃありません」

シブく返した。

「いや、名乗れよ。おひかえなすってのポーズもやめろ。極道映画の見すぎだ」

冷めた目をされる。好きだと思ったんだけど……空ぶったか。

差し出していた右手を引っ込め、背筋を伸ばす。

「大城了、放送作家です。おれの後ろにいるのは、五分《ごぶ》の兄弟分の乙木花史です」

花史が緊張しながらペコリとお辞儀した。

楊枝《ようじ》をくわえた大河内が、首をかしげながら花史を見る。

「なんでパンダの帽子をかぶってんだ？」

「ポリシーみたいなもんです」

花史の代わりに答えた。

「そうか。ポリシーがあるのはいいことだ」

憧れの人が瓶《びん》ビールをコップに注ぐ。つぎかたもシブいぜ。

花史の帽子もバカにしないし、やっぱり男らしいな。

「どうして、おれがここにいるとわかった？」

「自分はファンなんで、大河内さんの名前をＴｗｉｔｔｅｒで検索しています。目撃情報から、火曜と木曜の十五時過ぎには、よくここにいると知ってました」

「……なかなか気持ち悪いな」

「すいません！」

そしておれたちは、大河内が好物のサバの味噌煮《みそに》定食を食い終わったところで声をかけたってわけだ。ちなみに、おれたちも同じものを食った。

「知らねえやつとは仕事しねえんだよ」

おれは企画書を両手で差し出した。もはやこの企画書は、おれにとって兄弟盃《さかずき》だ。

「企画書だけでも見てもらえないでしょうか？」

「やらねえ」

おれを見ずにビールを飲む。

「そこをなんとか」

「やらねえっていってんだろが」

「お願いします！」

「……しつけえな」

と、コップを持つ手が小刻みに震えはじめた。

ほんとにキレやすいみたいだ。

だが、この手の人は根性のあるやつを気にいる。経験上それを知ってるから覚悟を見せる必要がある。

「てめえ……おれに喧嘩売ってんのか？」

きた。

「そうとってもらっても結構です」

「なんだと？」

「なんなら……表に出ましょうか？」

大河内の目が吊り上《つ》《あ》がり、鬼のような形相になった。

おれの全身がブルブルと震える。

たまんねえ——。

実はおれには、大河内を口説くこと以外にもう一つの目的があった。

大河内に、殴られたい。

一発……いや、できたらボコボコにされたい。そしたら一生の記念になる。明日からも仕事を頑張れる。

だから今回は、やりすぎなくらい攻めると決めていた。口説くことと殴られること、二つの目的を同時に叶《かな》えられるからだ。

とはいえ、ここじゃまずい。店主に警察を呼ばれたら大河内に迷惑がかかる。やられるなら人目につかない場所だ。

大河内の手の震えがどんどん大きくなっていく。

いいぞ。もっと怒ってくれ。

「このガキ……」

右手がコップから離れる。今にも飛びかかってきそうだ。憧れの人が、眉間にシワを寄せておれだけをにらんでくれている。ああ、夢みたいだ。

「殴りたければ、今すぐ殴ればいいじゃないすかぁ！」

こみ上げる衝動を止められずにさけんだ。
おれは興奮で息を荒くし、ついニヤけてしまう。
もうここで殴られてもいい。もはや目的がブレてる気もするけれど関係ねえ。
幸せに包まれながら歯を食いしばり、大河内を見つめる。
さあ、今すぐ殴ってくれ――。
しかし。
大河内が、小刻みに肩を揺らしはじめた。
そして小さく笑い出し、どんどん笑い声を大きくさせる。
「はっはっはっは！　いい根性してんなぁ！」
体を反《そ》らして両手で腹を抱え、顔をくしゃくしゃに崩している。
ちょっと待ってくれ。
おいおい、まさか。
大河内は笑いを止めて、
「企画書、見てやるよ」
おれに右手を差し出す。
もう気にいられたのか……そりゃねえだろ？
おれは企画書を手にしたまま動けなくなる。

「どうした？」

あと少しだったのに。

でも……ここで渡さなかったら、もう話も聞いてもらえないかも。

どうする？

迷っていると、花史がおれの手から企画書を引ったくった。

「あっ！」

そして微笑みながら、両手で大河内に差し出す。

「おう」

大河内が満足げに受け取る。

嬉しいのか、悲しいのか……。

「……あざす」

おれはしょんぼりと肩を落とした。


「『大河内丈一の人生這い上がり術』ねえ……」

大河内が頬杖をつきながら企画書を読む。

おれと花史もカウンター席に腰かけていた。

「不遇の時代を過ごしてきた大河内さんが、同じように苦労して売れた芸能人と対談し、どうやって這い上がったかを教えてもらう二時間特番です。本音で生きている大河内さんだからこそ、視聴者に夢と希望を与えられます。好評ならレギュラー化する予定です」

花史と相談してこの企画に決めた。

世間は大河内の素顔に興味を持ってる。素材が強いからシンプルな内容がいい。花史はそういっていた。

「本音か……大城はいつからおれのファンになった？」

おれの名前を呼んでくれた。喜びを嚙《か》みしめながら口を開く。

「一年前です。深夜の密着企画を見て、豪快な素顔にシビれました！」

「そうか」

なぜか浮かない顔をする。そして、

「悪いな。できねえわ」

軽く頰をゆるませた。

もちろん、こんな答えもあると思っていた。けど大切なのはここからだ。話し合いで出演まで持っていきたい。

「内容が引っかかりますか？」

おれは真剣に訊く。

「いや、イメージだよ」

大河内は真顔で椅子に寄りかかる。

「おれの演じる役は極道ばっかだ。素顔が知られすぎると、危険なイメージが壊れて役者の仕事が減るかもしれねえ」

大河内にとって一番大切なのは役者ってことか。ただ、

「大河内さんは素顔も危険なイメージっすよね？」

「今はな。だがレギュラーでMCなんてやったら、そのイメージとは違うおれが少しずつでも見えるかもしれねえ。だからバラエティも最小限に抑えてんだよ」

今までに出たバラエティは五本だけだ。オファーはもっともらってるはずなのに……自分のイメージを守りたかったからか。ストイックだぜ。

「視聴者は危険な大河内丈一が見たいんだ。役者にとって……いや、芸能人にとってイメージが壊れるのは死活問題なんだよ」

おれは反論できない。

本業の邪魔になると思ってるなら、これ以上はなにもいえない。

「親父、こいつらの分もおれが払うよ」

大河内は店主にそういって会計を済まし、おれの肩をバシッと叩いた。

「まあ、頑張れや」

出口に向かう。去りかたもシブいな。

「ごちそうさまでした！」

おれは立ち上がりいった。花史も大河内の背中にペコリと頭を下げた。

大河内は振り返らずに軽く手を上げ、店を出ていった。

正面からぶつかってもダメだったか。

ただ、こんなもんじゃ諦めない。

園原一二三はおれだけじゃない。根性担当がダメでも、頭脳担当がいるんだ。

おれはニヤリとしながら相棒にいった。

「花史、どうする？」

「ぜんぜんわかりません」

「わかんねえの!?」

「大河内さんはそれほどバラエティに出てないため情報が少ないんです。なので……尾行したらどうでしょう？」

「尾行？　なんで？」

「彼を知り己を知れば百戦殆《あや》うからずです」

「彼のお尻を知れば危うい……？　どんな意味だよ？」

「相手と自分を正しく知れば負けないという意味です。尾行をすれば説得材料が見つかるかもしれません」

出演した五本のバラエティのうち、密着企画は最初に出演した深夜番組だけで、あとの四本はトーク番組で毒舌を吐いてきただけだった。おれたちは大河内のことをそこまで知らない。

たとえば大河内の好きなものがわかったら、それを番組に取り入れれば気が変わる可能性もあるってことか。

「……そうするか。今日一日、大河内さんを調査するぞ！」

「はい！」

おれたちは急いで店を出た。


歩いていく大河内を尾行すると広尾駅に到着した。

電車に乗った大河内はずっと真剣な表情でスマホを見ていた。密着企画では単勝に十万も賭けていたし、毎日のように馬券を買ってるともいっていた。きっと競馬の結果を確認してるんだろう。

六本木駅で降りた大河内は、少し意外な建物に入った。

ドン・キホーテだ。

強面俳優とディスカウントストア……？　なんだかミスマッチだ。

大河内はスマホを何度も確認しながら店内を散策し、やがて買い物カゴによくわからないものを入れはじめた。

刃渡り三十六センチの牛刀、四リットルのガソリン、十メートルの綿素材ロープ。

おれたちはレジで会計する大河内を遠くから見つめる。

……なんであんなもん買ってんだ？

包丁はもっと小さくていいし、ガソリンも車用ならスタンドにいけばいい。ロープは使い道すら想像できねえ。

と、植田の言葉を思い出す。

『若いころは暴力団と付き合いがあったとか……』

つい嫌な想像をしちまう。

「なあ、なんであんなもん買ってると思う？」

恐る恐る花史の考えをうかがう。

「最悪のケースを想定すると、誰かを拉致して監禁したあとに殺害。その後、死体を切断して焼却するためです」

「……軽くいうなよ」

「ですが、一番確率が高いのは役作りです」

おれは理解する。

「そういうことか」

「誰かと戦ったり、誰かを縛ったり、なにかを燃やす練習をするのかもしれません」

Vシネでよく見るシーンだ。密着企画で役作りを徹底する話もしてたし、それだな。

おれは胸を撫《な》で下《お》ろす。

ドンキを出た大河内は路地裏に入って六本木駅へ向かった。

尾行を続けていると、一台の車が前から走ってきたため、おれと花史は細道の左側に寄る。車が通り過ぎたあと、おれの右肩がドンッと揺れた。

地面にバッグが落ちる。おれのものじゃない。布製の黒いエコバッグだ。後ろから走ってきた女性がおれにぶつかって落としていた。

おれの少し前で立ち止まった女性は息切れしながら振り返り、すぐに前を見つめる。

……大河内を見ている？

「すいません」

と女性はバッグを拾おうとする。やけに切羽詰まった顔だ。

「いえ、こっちこそ」

落ちたバッグのそばでなにかが光ってる。

ハサミだ。

よく切れそうな銀色の長い刃に太陽の光が反射していた。女性は慌ててそれをバッグにしまう。

疑問に思っていると、女性が右手をバッグに入れたまま大河内に直進する。

普通のスピードじゃない。ものすごい早歩きで進んでいく。

……なんであんなでかいハサミを持ち歩いてんだ？　普通はバッグに入れねえよな。

女性のスピードがさらに上がっていく。

まさか……大河内は女遊びが激しい。

彼女が恨みを持ってるとしたら。

大河内がやばい。

おれは女性に向かって走り出す。けれど、もう彼女は大河内の真後ろだ。

間に合わない。

「大河内さん、サインしてください‼」

女性が大声をあげた。

ファンかよ。

おれは急いで電柱の陰《かげ》に隠れる。後ろの花史も建物の陰に隠れた。

大河内が振り返る。

女性は右手をバッグに入れたままこわばった顔をしている。ずっと声をかけようとして緊張してたんだ。ガチのファンだな。

「ああ、いいよ」

大河内は優しく顔をほころばせた。

「あの……でも……ペンがなくて」

大きく眉を下げながら、もじもじしてる。

大河内はすぐに通りかかったスーツ姿の若い男性に「兄さん」と声をかけた。

「ペン持ってるかい？」

大河内だとわかった男性は驚いた顔をしたあと、鞄《かばん》からペンを出して渡した。

「どこに書く？」

大河内がドスの利いた声で訊くと、女性はバッグから幅の広い透明な定規を出した。

「ここに……」

「目盛りが見えなくなんだろ？」

「今はこれしかサインしていただけるものがなくて……」

大河内は不思議そうな顔で定規を受け取る。

「なんで定規なんて持ち歩いてんだ？」

「服飾の仕事をしてるんです」

だからあんなでかいハサミを持ってたんだ。

大河内がサインしてる間、女性が男性にお礼をいう。女性は大河内から定規を受け取って握手した。その後、男性もメモ帳を出して大河内にサインをしてもらう。

女性は大河内と男性に何度もお礼をいって帰っていった。

大河内も男性にお礼をいい、男性も大河内にお礼をいって別れた。

優しい世界。

いいもんを見させてもらったぜ。


再び六本木駅から電車に乗った大河内は広尾駅で降りる。

駅を出て少し歩いてから住宅街に入り、一階建ての小さな家に入っていった。

おれたちは家の前に立つ。門には「大河内」の表札。さっきの定食屋とは目と鼻の先だ。近所の行きつけの店だったのか。

「大河内さんは天涯孤独で独身だったよな」

「密着企画でそういってました。ここで一人暮らしをしているようですね」

門の外からは庭が見え、その先にテレビのある部屋も見えた。

少しするとテレビにアナウンサーの姿が映った。

ここからだと姿が見えないけど、おそらくテレビの手前にいる大河内がつけたんだ。

あることを思い出しスマホの時計を確認すると、十七時を回っていた。

「今日はニュース番組で大河内のインタビュー企画がある。それをチェックするんだろ」

「ぼくのスマホでテレビを観れます。そこの公園にいきましょう」

おれたちは近くの小さな公園にいってベンチに座る。

花史のスマホで番組を観ていると、すぐに大河内のインタビュー企画が始まった。

アナウンサーとの対談形式だ。まずは近日公開される映画の話。そのあとに今の大ブレイクについて。そして次の質問に移った。

「このところ、芸能人への誹謗《ひぼう》中傷が問題になっています。ネットバッシングする人たちをどう思われますか？」

「情けねえよな。お前ら、顔と名前さらしてもいえんのか？　道でおれと会っても同じこといえんのかよ！」

カメラに向かって指をさしながら吠《ほ》える。今日も絶好調だぜ。

大河内の人差し指は怒りで小刻みに震えていた。

「大河内さん、またバッシングされてしまいますよ」

アナウンサーが困り笑顔をする。

「おう、なんなら刺してもいいぞ。こっちは五股したときに包丁で腹を刺されてんだよ。刺し傷の一つや二つ増えても変わんねえよ！」

大河内はカメラに向かって続ける。

「そもそもさ、本当のそいつを知ってんのかよ！」

「自分のやってることを恥ずかしいと思わねえのか！」

「人を責められるほど偉いのかよ！」

「他人をけなす暇があったら自分のことを頑張れよ！」

興奮して額に汗がにじんでいた。

清々しいぜ。おれがいいたいことをぜんぶいってくれてる。

そのままインタビュー企画は終わった。

おれはすぐにＴｗｉｔｔｅｒに「大河内」と打って検索する。賛否両論の意見があるが、相変わらずバッシングコメントのほうが多い。

『表現の自由。なにいってもいいだろ』

『なにが顔と名前さらせだ。ネットは匿名だから発展したんだよ』

『乱暴な言葉遣いはこどもに悪影響です。ご自分の影響力を考えてください』

『声がうるさい。不快だから出ないで』

『偉そうなのは大河内（笑）ブーメランで草生える』

『愚痴《ぐち》ぐらいいわせろ』

『また炎上商法か。演技も下手だからしかたないけど』

『芸能人ならある程度の批判は我慢して当たり前でしょ？』

『普通の人よりお金もらってるんだから、コメントには気をつけてください！』

どいつもこいつも好き勝手にいってんな。こんなことしてる暇あったら、大河内がいったみたいに自分のことを頑張ればいいのに。

おれはスマホを見ながら口を開く。

「相変わらずだな。ま、大河内さんはおいしいくらいに思ってるだろうけど」

「……」

花史は思い詰めた顔をして、

「了くん、すぐに大河内さんのところにいきましょう」

真剣にいった。

「……なんで？」

「大河内さんが、やばいかもしれません」

やばい？　なにを突然いい出すんだ？

大河内の家の前から部屋を見ると、テレビが消えていた。

すぐに門の扉を開いて敷地《しきち》に入った花史は、玄関のインターホンを鳴らす。

反応がない。

「出かけたのかな」

だが、花史は急いで庭に向かった。

「おい、どうしたんだよ?」

「説明してる時間はありません」

深刻な顔。

庭から部屋の中を見ようとしてんのか?

花史がこんなに行動的なのはめずらしい。なんなんだよ?

「……おれが先にいく」

おれは歩きはじめる。

胸には不安が広がっていた。

花史はおれには見えないものが見えている。今までの大河内を見ていて、なにかがやばいと思ったんだ。

なにがやばいんだ?

庭を進んでいくと、テレビのある部屋の中が徐々に見えてきた。

部屋の中から犬の鳴き声が聞こえた。キャンキャンと激しく吠えている。

足が目に入る。

大河内が倒れてる?

足がビクッと動く。ビクッ、ビクッと痙攣《けいれん》するように動き、バタバタと激しく上下する。慌てて進むと、

大河内が首を吊っていた。


部屋のドアノブに吊《つる》したロープが首に巻きつき、足をバタつかせている。

目の焦点が合ってない。

おれは窓を開けて入ろうとするが鍵《かぎ》がかかっていた。庭にあったこぶし大の石で窓ガラスを割る。割れたガラスの穴から手を突っ込んで鍵を開けた。

今の音で驚いたチワワがギャンギャンと鳴いてパニックになっている。

部屋に入って首からロープをほどこうとする。食い込んでゆるまない。真っ赤な顔をし

た大河内が暴れる。

ぜんぶの力を指先に込めて、なんとかほどいた。

大河内が四つん這いになって激しく咳《せ》き込《こ》む。意識ははっきりしてる。

おれは安心し、大河内の背中をさすった。

「大河内さん！　なんでこんなことを⁉」


「ココちゃん、ごめんねえ。怖かったでちゅかぁ？」

このおっさんは――誰だ？

上下ピンクのスウェット姿の大河内がチワワを抱き上げている。

チワワは激しく尻尾《しっぽ》を振りながら大河内の顔をペロペロと舐《な》めていた。

おれは夢を見てるのか。ドスの利いたガラガラ声じゃねえ。高くて澄んだ声で赤ちゃん言葉を使っている。

表情には少しの迫力もなく、疲れ切った中年のおっさんに見える。でも顔は大河内だ。

それに、この部屋はなんだ？

人気男性アイドルグループのポスターやうちわ、雑誌の切り抜きが壁に貼《は》られている。

「どうして……わかっちゃったの？」

チワワを床に降ろした大河内が怯えた目でおれを見る。表情も口調も定食屋のときとは大違いだ。

花史が文字の書かれたスケッチブックを見せる。

さっきからずっと文字を書いていた。大河内に説明するためだろう。

『刺し傷のエピソードが変わっていたからです』

そのままページをめくっていく。

『密着企画では「ナイフで刺された」といっていたのに、さっきは「包丁で刺された」といっていました。ひょっとすると大河内さんのキャラクターは、テレビ用に作り上げられたのではないかと考えました』

大河内が、キャラを演じている？

『大河内さんが怖い人でなければすべての見えかたは変わります。定食屋で震えていたのは了くんに怯えていたため、ずっとスマホを見ていたのはバッシングを気にしてエゴサーチしていたため、インタビューで震えていたのもバッシングに怯えていたため、ドンキで買ったものも、こうすることが目的の可能性もあると予想しました』

大河内は驚きながら花史を見つめたあと、小さく笑った。

「嘘をつきすぎてゴチャゴチャになってたんだな……本気じゃなかったんだ。いつでもすぐに死ねると思えば少しは楽になれると思ってね。切腹と焼身と首吊り。いざ死にたくなったときに失敗しないように、まずは首吊りの練習をしたんだけど、足が滑《すべ》って縄がどんどん締まって解けなくなって……ありがとう」

おれたちに頭を下げる。

優しい声だ。だんだんこっちのほうが自然に思えてきた。

「あの、この部屋は？」

おれが訊くと、大河内は恥ずかしそうに笑った。

「美少年が好きで……あ、けど独身なのは人付き合いが苦手で恋愛にも奥手だから」

趣味か。驚いたけど引きはしない。おれが大河内に抱いていた憧れと同じだろう。

つまり、

「危険な大河内丈一を……演じてたんすか？」

無言でうなずき、顔の傷を指さした。

「この傷は自転車で転んでできた。ほかの武勇伝も嘘だよ」

「なんで……？」

大河内は目を伏せ、静かに話しはじめた。

「小さいころから、老《ふ》け顔だっていじめられてね。両親もおれに無関心だったから一人で映画ばかり観てたんだ。いつしか役者に憧れて、高校を卒業してからは祖母の住むこの家に居候しながら役者の道に進んだ」

危険な大河内のイメージが、完全に真面目で大人しい男に変わった。

「けどずっと売れなくて。いろんな役をやりたくても、入る仕事は極道もののチョイ役だけ。祖母も亡くなって、気づいたら三十年近くも経ってた。十年や二十年じゃない。三十年もバイトを辞められない。さすがに潮時だと思ってた」

三十年か。まだ二十歳のおれにとっては想像もつかないほど長い時間だ。

「そのころ、バラエティで無頼キャラを演じてみないかと依頼された。出演予定だった強面俳優が、スケジュールの都合で出られなくなったらしくて。台本通りに演じれば人気が出るかもしれないといわれた。どうせ辞めるなら、最後に死ぬ気でやってみたかった」

無頼キャラは、テレビマンが考えたのか？

「出演したら、すごい反響だった。はじめは注目されて嬉しかったんだ。でもそのうち、バッシングが気になりはじめた。厳しいコメントを見ると汗がどばっと出て、何日も引きずって消えたくなった」

本当につらそうに話す。

「叩かれてたのは本当の大河内さんじゃないですよね？」

「もっと上手く演じられなかったのかと思うんだ。誰かを不快にさせずにこのキャラを演じられる人もいるだろうって。でも、できなくて……」

そんな難しいことができるわけないだろ？「ネットを見ないようにしたこともあった。でもまた見ちゃうんだ。世間の反応が気になって……」

花史が文字を見せる。

『だからファンレターも受け取らなかったんですか？』

大河内はうなずく。

「嫌なことが書かれてるかもしれないから。自分に自信がないからホームページもつくってなかったんだけど、そうしといてよかったよ。もしあったら、今ごろ嫌がらせのメールばかりきてたから」

知り合いの紹介でしか仕事をしてこなかったのは自信がなかったせいか。

役者の仕事を増やしたくて無理してたんだ。ただ、注目されることには成功した。

「もう役者だけやればいいじゃないすか」

「また売れなくなるよ」

消え入りそうな声でいう。

「そんなことは……」

「大城くんは、おれの密着企画を見てファンになったんだろ？」

そう、おれは大河内の豪快な素顔に憧れてファンになった。

極道映画が好きだから大河内の顔は知ってたけど、それまではファンではなかった。

「きっかけはそうでも、今は大河内さんの演技が好きです。続けていれば演技の魅力もみんなに伝わりますよ」

「なんでおれの演技が好きなの？」

おれは黙ってしまう。ちゃんと分析したこともないからわからない。

「バラエティでの豪快なイメージがあるから、演技もいいと思い込んでるんだよ」

違う。大河内の演技にはたしかに惹かれるものがあるんだ。

けど説明できない。できたとしても、おれは一年前までファンじゃなかった。今はどんなに好きでも説得力がない。

「おれには役者の仕事だけで売れる力はない。役者を続けるためには、バラエティに出てバッシングに耐えるしかないんだ。客寄せパンダとして、求められることをしなければすぐに忘れられてしまうんだよ」

「そんなの、苦しすぎますよ」

「芸能界は、それが当たり前なんだよ。叩かれるのは有名税なんだ」

大河内は悲しそうに微笑んだ。

「きっと芸能人はおれみたいな人ばかりだよ。誰にも相手にされなかった人たちが、自分をすり減らして死ぬ気で頑張ってる。それでも、みんな愛されたいんだ。おれもそうだった。虚像でもいいから……愛されたかった」
大河内は目に涙をにじませながら笑った。
「でも結局、おれは有名税に耐えられなかった。だから……もう辞めるよ」
納得できねぇ！
有名税って、払いすぎだろ。芸能人はサンドバッグにならないといけねぇのか？
くだらない文句をいう連中のために大河内を辞めさせたくねぇ。
おれがなんとかしてやる。なんとかしてみせる！
ただ……無頼キャラを辞めたら役者の仕事が減る。かといって、バラエティを続けても
大河内は追い詰められる。
どうすればいいんだ？
そのとき、花史がスケッチブックを見せる。
『了くん、大河内さんを助ける企画を思いつきました』
その文字を見て心がおどった。
もしかして……「遺恨ビンタ」のときみたいな企画か？
「どんな企画だ？」
期待しつつ訊くと、花史はスケッチブックをめくった。
『大河内丈一のアンチお宅訪問です』

キラキラとした瞳を向けてくる。

お宅訪問って、まさか……。

『大河内さんがアンチの住所を特定して突撃。アンチに悪口を書く理由を教えてもらい、その映像をＹｏｕＴｕｂｅで公開します。アンチの顔も名前も住所も公開すれば、バッシングはなくなります』

……なにいってんだ？

おれの胸にいいようのない不快感が広がる。

突撃されたアンチはもちろん、それを見た視聴者も同じことをされたくないからバッシングをしなくなる。でも、

「同じようにやり返したら、今度はそのアンチがバッシングされて死にたくなるかもしれねえ。おれたちもアンチと同じレベルの人間に落ちるぞ」

花史は可愛くニコッと笑い、スケッチブックに文字を書いて見せた。

『死ねばいいんです。姿を見せずに人を傷つける卑怯者《ひきょうもの》に、生きる資格はありません』

おれの背筋に寒気が走る。

その笑顔の奥に、得体の知れない醜いものが見えた。

ビビったおれはなにもいえなくなる。

だが、なんとか声を出そうとする。こんな企画をしたらダメだ。

「その企画は……愛もねえし、熱くねえよ。おれにも考えさせてくれ」

そして大河内に、

「少し時間をください。解決策を考えたいんです」

大河内はしばらく無言のあと、うなずいた。

「君たちに助けられた命だ。辞めるつもりだったし、好きにしてくれ」

「しばらく家に寄らせてもらいます。ネットも見ないでください」

微笑みながら、またうなずく。

「趣味のスイーツづくりにでも没頭するよ。心配かけて悪いね」

スイーツづくりか。またもや、とんでもねえギャップだ。

花史は唇を尖らせて納得いかない顔をしていた。

さっきの笑顔。

定食屋で大河内にすごまれたときよりもよっぽど怖かった。ハッタリじゃねえ。花史は本気でバッシングするやつらが死ねばいいと思ってる。さっきの企画で本気で追い込もうとしていた。企画内容も花史っぽくない。

いつもの花史らしくない。

そういえば、前にも……。

花史が放送作家になりたかった理由を訊いたとき、『殺したい人がいるんです』といっていた。あのときと同じ冷たい笑顔だった。

なんなんだ、この怖さは？

そもそも……あの言葉はどういう意味なんだ？

誰かを殺すために放送作家になろうとした……？

あのときは、あれ以上訊けなかった。けど、おれたちはもうコンビなんだ。

このままにはしておけない。

花史のことを、もっと深く知る必要がある。


翌日の夜、おれは「もんじゃ文」の前にいた。

店の戸に歩いていくが、振り返って戻る。また歩いていくけど、また戻った。

おれは両手で頭を抱える。

何回こんなことやってんだよ？　ビビってんじゃねえよ！

これで最後だ。いいか、いいか、おれ……いくぞ！

気合いを入れて歩きはじめると、店の戸が開く。

「ありがとうございました」

二人の中年男性が出てきた。文も出てきてのれんに手をかける。最後の客のようだ。

「……了くん？」

エプロン姿の文がおれに気づく。

「こんばんは……」

おれは気まずい顔で会釈する。

「花ちゃんと約束してるの？　今呼んで――」

「待ってください！」

つい止めちまった。

文に見つめられたおれは無言でうつむく。

「……少し待ってて」

と、文はのれんを持って店に入る。

「桜ちゃん、朱美ちゃん、お店閉めといて。ちょっとデートしてくる」

開けっ放しの戸の向こうから声が聞こえる。おれの顔が熱くなった。

「えー、誰とですか？」

「文さん、彼氏できたんですか？」

「内緒」

つい顔がほころぶ。明るい人たちだぜ。店が繁盛するのもわかる。

エプロンを外した文が店を出て、こっちに歩いてくる。

黒いTシャツを着て細身のズボンをはいてるだけなのに、華やかなオーラと抜群のスタイルでファッションモデルに見える。月島の路地裏がランウェイになった。

おれの前に立った文は色っぽく微笑んだ。

「いきましょ」

おれの顔がまた熱くなった。


「花ちゃん、そんなこといってたんだ」

文が眉を下げる。

おれたちはバーのカウンター席に座っていた。

「花史に、あの言葉の意味を訊きたかったんですけど……二時間も店の前にいて入れませんでした」

「……怖かったんだ？」

優しく訊かれ、おれはうなずく。

「なんかわかんねえけど……」

文は表情をゆるませた。

「了くんは、花ちゃんにいい子でいてほしかったんじゃない？」

はっとする。

大河内は『視聴者は危険な大河内丈一が見たいんだ』といっていた。おれもそれを見ていたのかもしれない。人は……見たいものだけを見たがるんだ。

「そうかもしんないっす」

花史の純粋さは心地よかったし、賢さは憧れだった。無意識のうちに自分に都合のいい天使みたいなやつでいてほしいと思っていた。汚い部分を見たくなかったんだ。

文は少し間を置き、真剣な顔をした。

「了くんが本当の花ちゃんを知ったら……ショックを受けるかも」

文はぜんぶ知ってるんだ。

「それでも……聞きたいです」

文をまっすぐ見つめると、話しはじめた。

「花ちゃんの母親……清華《せいか》はフリーのテレビディレクターだったの」

ディレクターだったのか。

写真で見る限り、たしかにアクティブな人っぽかった。

「清華は初めて演出を任された番組で、ある男性と出会って恋に落ちた。そのころはわたしにも彼を紹介してくれるっていってたわ。そして花ちゃんを身ごもり、ディレクターを辞めてシングルマザーになった」

フリーで若い女性なのに演出を任されていたなんて、そうとう優秀な人だったんだ。けど、

「結婚しなかったんすか？」

「花ちゃんを身ごもったときに別れたの」

「なんでまた……？」

「わからないのよ。別れた理由も父親の名前も最後までいわなかった。だけど、花ちゃんは父親の名前を知ってる」

どういうことだ？

「清華は花ちゃんに『父親は亡くなった』と伝えていたんだけど、花ちゃんが十四歳のころ、清華は病気で入院した。そのときに花ちゃんが家の中から手紙を見つけたの。差出人は有名な放送作家で、清華の恋人だとわかる内容が書かれていた。手紙の日付は、清華が花ちゃんを身ごもっていた時期だった。二人は文通してたみたいなの」

おれはある可能性を考える。

「その放送作家って……」

「清華は二股する子じゃない。花ちゃんの父親で間違いない」

花史の父親が……放送作家？

「花ちゃんが手紙のことを伝えると清華はいった。『お父さんとは結婚しなかったけど、わたしたちはちゃんと愛し合って花ちゃんが生まれた』。そういって何度も謝ってた」

ちゃんと愛し合っていたのに結婚しなかった？

結婚できない理由があったのか？　いったいなんだ？

「花ちゃんは清華を恨まなかった。父親がいなくても素晴らしい母親のおかげで幸せだったから。だけど清華の容態が急変したとき、花ちゃんは父親に電話したの。自分で電話番号を調べてたのよ」

頭のいい花史なら、十四歳でもそれくらいできそうだ。

「花ちゃんは自分が息子だと明かし、清華がまだ彼を愛してると伝えた。その勘は当たってたと思う。わたしもそう思ってた。そして父親に、病院にきてほしいと頼んだ」

花史は最期に、母親に最愛の人を会わせたかったんだ。

「父親はいった」

文はつらそうに言葉を止めた。おれはその言葉を待つ。

「仕事があるから……いけないって」

こんなに悲しそうな文を初めて見た。

だが、自分を奮い立たせるようにすぐに表情を明るくさせる。

「清華はそのまま旅立った」

父親にとっては乙木清華より仕事が大事だったんだ。自分の息子を産んだ女性だったのに、まだ愛してるといわれたのに、自分には関係ないみたいな態度をとった。

母親はずっと想《おも》い続けてきたのに……花史は悔しかっただろう。もしかしたら、今も憎んで――。

おれは気づく。

「もしかして、花史が日本一の放送作家になりたいのは……」

「父親はなによりも仕事を愛してる。だからこそ、たった五年で彼以上に自分が認められたら死にたいほどの敗北感を与えられる。花ちゃんはそういってた」

「父親に復讐《ふくしゅう》するために、日本一を目指してるんすか？」

文は眉を下げながらうなずいた。

おれは混乱する。

ちょっと待ってくれよ。

じゃあ……今までのことは……なんだったんだ？

『ぼ……ぼく、乙木花史です。十八歳です』

小説家にも脚本家にもなれたのに、人とも話せないのに、復讐のためだけに放送作家を目指したのかよ？

『約束です。二人とも日本一と呼ばれます』

あの指切りはなんだったんだよ。復讐のためにおれと約束したのかよ？

『了くんの企画がどこかに通ってるかもしれないです』

おれの企画が通ってるかもしれないって喜んでくれたろ？

『はい。了くんの番組を成功させたいです』

おれのために「遺恨ビンタ」も頑張ってくれたろ？

『ぼくは人の気持ちのわかる了くんが大好きです』

おれのことを好きだっていってくれたろ？

『本当は二人でやりたいです。ギャラなんていらないです』

おれと一緒に番組をやりたいっていってくれたろ?

『ぼく……も……おもし……いこと……した……いです』

おもしろいことがしたいっていってたよな?


だけど、あいつは復讐のために日本一を目指していた?

それなら……なんでおれと日本一になる約束をした? なんでおれと仲よくなった? なんでおれとコンビを組んだ?

もしかして……都合がよかったからか?

花史は簡単に人と仲よくなれないし会議でも話せない。でも、おれといれば苦手なことをしなくてもいい。おれが代わりにやれるからだ。

あいつは今まで、復讐のためにおれといたのか? あんなに純粋そうに見えたのに、おれを利用してたのか?

おれは花史が怖くなる。得体の知れないやつに思える。

花史が……わからねえ。

終電に乗りながら、昨日のことを思い出す。

『姿を見せずに人を傷つける卑怯者に、生きる資格はありません』

姿を見せず、責任も負わず、他人の痛みも想像せずに好き勝手なことをする。そんなネットバッシングをするやつらと、自分の父親の姿が重なったんだ。だから花史は怒っていた。

なんでこんなことに……。

父親はなんでそんなクソ野郎なんだよ。病院に一瞬でもきてたら、花史はこうならなかったかもしれないのに。

まだ花史が復讐にこだわってるってことは、今も有名な放送作家なんだよな。名前を聞いたら知ってるかもな……。

名前？

花史の母親の名前は乙木清華。初めて演出をした番組で父親と出会った。

おれはスマホをネットにつなぎ、「乙木清華　演出」と入力して検索する。

一番上にウィキペディアの番組ページが出た。

その番組名を見たとき、自分の目を疑った。

すぐに番組のページをタップした。

父親は放送作家だ。構成の名前を見たら何人かに絞れる。

画面を親指でスクロールさせる。心臓の鼓動がどんどんでかくなっていく中、スタッフの名前を確認した。

……嘘だろ？

演出には乙木清華の名前。構成には五人の名前があったけど、有名な放送作家は一人しかいない。

その作家の名前は――韋駄源太だった。


おれは「ゆかいな時間」のウィキペディアのページを食い入るように見つめる。

スタッフ
構成：**韋駄源太**　河北壮平　助宗佑美　森田練　粕谷理美
美術プロデューサー：桜庭ゆい

ＡＤ：松浦章二　森島浩　鈴木圭二　青島史郎　白倉真司
ディレクター：安達崇　西島聡　長野由佳　熊野力也　小杉大作
総合演出：**乙木清華**

乙木清華は、韋駄が初めてチーフ作家を務めた伝説の番組、「ゆかいな時間」の演出だった。

韋駄は花史と電話で一度しか話してない。花史の顔を知らなかったから、韋駄天で花史を見たときも、まさか自分の息子だとは思わなかっただろう。

おれが花史に韋駄天に入った理由を訊いたとき、「ゆかいな時間」を大嫌いだといっていた。韋駄と乙木清華が出会った番組だったからだ。

やばい。

花史が韋駄天に入った理由も、父親を調査するためだったと考えると……。

韋駄が花史の父親じゃないと思える要素が見つからねえ。

本当に親子なのかよ？

だとしたら……花史をこのままにしといていいのか？

よくねえだろ。復讐のために日本一を目指すって、なんか違うだろ？

ただ……問題がでかすぎる。

おれは花史じゃない。本人の憎しみはわからないんだ。なのに止めようとするのは、あまりにも無責任すぎる。

そうだ……そもそも無責任なんだよ。大河内丈一のことも。

芸能人を続けろというのは簡単だけど、それが本人のためになるのか？

いくら役者の仕事が好きでも、辞めちまったほうが楽かもしれねえ。

あぁ……頭から煙が出そうだ。なんなんだよ！　おれがなにしたっつうんだよ⁉

最近は悩んでばっかだ。本気で生きようと決めてからは、不思議と次から次へと問題が起こりやがる。

花史のことも大河内のことも、どうすりゃいいんだよ⁉

「……城さん。大城さん」

リハーサルを終えた小山田がおれに話しかけていた。

「あ……はい」

おれはスタジオの隅に立っていた。

今日は「天国からの出前」の収録一回目だ。ＭＣは小山田。本番は三十分後に始まる。

あれから花史とは気まずくて、今日は離れた場所からリハーサルを見ていた。

「紹介します。蛙亭《かえるてい》のお二人です」

小山田の隣には優しそうな男性と可愛らしい女性が立っていた。

「蛙亭の中野《なかの》です」

「イワクラです」

小山田とともにリハーサルを終えた、男女お笑いコンビの蛙亭だ。

奇天烈《きてれつ》なネタを生み出し続けるイワクラと、高音ボイスの憎めないキャラクターを演じる中野周平《しゅうへい》による狂気的なコントは、各方面から高い評価を得ている。お笑いコンテストの決勝でセンターヒットに勝って優勝。現在大ブレイク中の「若手No．1コント師」といわれている超実力派だ。

小山田が仲のいい蛙亭に声をかけてくれて、この番組の第一回のゲストとして出演してもらえることになった。

「放送作家の大城です。よろしくお願いします」

おれがいうと、イワクラがトートバッグからなにかを出す。

「大城さん、よかったらどうぞ。地元の美味しいめんつゆなんです」

イワクラはお日様のような笑みを見せた。

中野も口元をゆるませ、そんなイワクラを優しく見守っていた。

「いいんすか？」

「買い過ぎちゃったのでおすそわけです」

「ありがとうございます」

おれが受け取ると、二人は深々とお辞儀し、ほかのスタッフにも挨拶にいった。みんなにもめんつゆをあげるようだ。

人気も実力もあるのに人情味があっていい人たちだぜ。

本番の冒頭ではコントもやってくれることになってるから楽しみだ。

「大城さん、台本のことで相談があるんですけど……」

小山田は申し訳なさそうにいった。

「植田さんを呼んできます」

サブに向かおうとすると、「いえ」と止められる。

「大城さんに訊きたいんです」

「……はあ」

おれは戸惑いながら話を聞いた。

小山田は自分の考えたVTRの受けコメントが、ゲストの蛙亭に失礼に聞こえないかを心配していた。

バラエティ番組の受けコメントは、台本には「(受けて)」や「(感想)」などと書いて出演者に任せることが多い。

小山田も大河内と似ていて真面目で繊細なために気になったんだろう。

まったく失礼だと思わなかったから、そう伝えた。

「ありがとうございます。安心しました」

「いえ……けど、なんでおれに？　植田さんのほうが頼れないすか？」

「大城さんを信用してるからです」

小山田ははにかんだ。

「前に、『遺恨ビンタ』のレフリー役はおれしかいないっていってくれましたよね？」

出演交渉したときだ。小山田のプロフィールも細かく伝えた。

「ああ……はい」

「あのとき、おれのファンかもって思ったんです」

おれはつい照れ笑いする。その通りだ。もともと好きじゃなかったら、あんなに覚えられなかったかもしれない。

「ええ。何年も前からファンでした」

「やっぱり」

小山田も照れ笑いする。

身長百九十センチと百八十六センチのでかい男たちが、照れ笑いしながら向かい合ってる。その光景を想像するとおかしくなった。

「『遺恨ビンタ』の台本も、この番組の台本も、おれのことを考えて書いてくれてる。おれをちゃんと見てくれてるってわかる。だから、大城さんがいると心強いんですよ」

おれは嬉しくなる。知らない間にこの人の力になれてたのか。

そのとき、おれは口を開けて固まる。

小山田は……おれがファンだったから信用してくれたんだ。ガチのファンは芸能人をよく見ているから信用できる。だから小山田はおれがそばにいると安心できるんだ。虚像だけを見ていないこともわかっているから。

大切なのは、虚像ではなく実像の芸能人を肯定することだ。

それなら、大河内もファンのおれがそばにいれば安心できるか？　そうすれば、まだ芸能活動を続けられるか？

……そうは思えない。おれは大河内のファンになってまだ一年だ。しかも、好きになったきっかけも密着企画で、大河内には虚像を好きになったと思われている。

だったら……そうか。

大河内を助けられるかもしれない。

「……大城さん？　どうかしました？」

「あ……小山田さん、ありがとうございます！　これからもよろしくお願いします！」

小山田は不思議そうな顔をしたあと、「こちらこそ」と微笑み、一旦楽屋に戻った。

離れた場所に立っている花史を見つめ、足を踏み出す。

おれは花史をわかってなかった。

虚像と実像は違う。おれはこれからも知らない花史を見ていくだろう。あの怖い花史を何度も見るかもしれない。もしかしたら、花史は復讐を果たすために都合がいいから、おれといるかもしれない。けど、そんなことはどうだっていい。

おれがやるべきことは、本当の花史を見ることだ。

おれたちはコンビだからだ。本当の花史を見つめないと花史が安心できない。

花史のもとにたどり着いたおれはいった。

「花史、大河内さんのことはおれに任せてくれ。やばい企画を思いついたぜ」

「今日はオボツネー・クネドリーキだよ」

大河内が皿に載せた白い団子のようなものを居間のローテーブルに置いた。

「オツボネー・クイドーキ?」

おれは訊き返す。

「オボツネー・クネドリーキ。果物が入ったチェコの蒸《む》しパン」

おれと花史はそれを食う。ひと口サイズのパンの中にはイチゴが入っていた。

「うめえ！」

花史も何度もうなずく。

「よかった。あ、そろそろ『天国からの出前』の放送だね。順調なの？」

「植田さんの編集した映像を見たんですけど、やばいほどおもしろかったです」

「そうなんだ。楽しみだなあ」

大河内は嬉しそうに目尻を下げる。

先日行った「天国からの出前」の第一回の収録は無事に終わった。

生で見た蛙亭のコントはやばかった。起承転結の「転」で予想外な展開になり、ますます目が離せなくなった。まるでサスペンス映画のようで、コントというカテゴリに収まらない奥深さがあった。まさに唯一無二だ。おれも彼らのコントのようなオリジナリティ溢れる企画をつくりたい。

蛙亭のおかげで番組がさらにおもしろくなったからオンエアが楽しみだ。

そしてこの一週間、おれと花史は毎日大河内の様子を見にきていた。そのたびに大河内は手作りのスイーツを食わせてくれた。

フランスのクレープ「クレープシュゼット」、オーストリアのスフレ「ザルツブルガーノッケルン」、ポーランドのケーキ「シャルロットカ」。名前が難しくてぜんぶは覚えてないけど、どれも驚くほど美味かった。

ストレス発散のために十年ほど前からつくりはじめたが、今では自分なりにアレンジもするようになったという。

Ｔｗｉｔｔｅｒも見ていないせいか、大河内は徐々に元気を取り戻していた。

食ってる最中、おれは棚に並べられていたものに気づく。

「あれって……出演作の脚本すか？」

すごい数の映画やドラマのタイトルの本が並べられていた。

「うん。ぜんぶ取ってあるんだ」

「見せてもらってもいいですか？　脚本は一回も見たことないんです」

「どうぞ」

おれは棚の前に立ち、『新宿物語』の脚本を手にとった。おれの好きな映画だ。初めて観た当時は、大河内のファンではなかったけど。

大河内の出演シーンは後半で台詞も一言だったはずだ。

おれはページをめくる。

そして大河内の出演シーンを見て、息をのんだ。

赤い文字のメモがページが埋まるほどビッシリと書かれていた。

「たった一言の台詞なのに、なんでこんなにメモするのか気になる？」

大河内がおれの隣に立って脚本をのぞき込んでいた。

「あ……はい」

おれは苦笑いする。

「その一言で、人生を見せたいんだ」

「人生？」

「たとえば、大城くんが今いった『はい』って言葉も、声や表情で意味が変わるでしょ？元気な『はい』、落ち込んだ『はい』、怒ってる『はい』」

「……はい」

いったあと、つい笑った。いわれたそばから『はい』といってる。

「今のはなにかに気づいたときの『はい』だ」

たしかにいろんな『はい』がある。

「上手い役者は『はい』だけでも、演じる人物の性格や歩んできた道を見せられる。ずっと脇役をしてきたから、自然とそんな役者を目指すようになった。まあ、そうなれなかったから、こんなに追い詰められたんだけどね」

大河内は自分を笑ったけど、おれはなにもおかしくなかった。

三十年間も脇役をやってきて、ずっと影の存在で。けど、その演技にすべてをかけてきたんだ。とてつもなく立派だよ。

「なんで、そんなに頑張れたんすか？」

大河内は少し考えた。

「何度も辞めようと思ったんだけどね。ありきたりだけど、役者が好きだからかな」

たとえ好きでも、もっと早く諦める人はいくらでもいる。ずっと続けるのはつらかったはずだ。誰にでもできることじゃない。

やっぱりおれは、この人の力になりたい。

「ところで、この前いってた『やばい企画』ってなんなの？　君たちのことは信頼してるから、『ぜんぶ任せる』っていっちゃったけど……正直、なにをどうしても、やっていける自信がないんだ。もう限界だと思う」

力なく笑う。

先日、花史に「やばい企画を思いついた」と伝えたあと、大河内にも電話して同じことを伝えた。そして、「問題を解決できるなら、どんな企画をやってもいいですか？」と訊いて了承を得ていた。

「そのことですけど、見てほしいものがあります」

おれはトートバッグからノートパソコンを出し、ローテーブルに置いた。

そして、おれが編集したある動画を再生する。

画面に無人のキッチンが映し出されると、大河内はパソコンの前に正座して眉を寄せた。

おれと花史はその後ろに立つ。

「このキッチンって……」

そう大河内がいったとき、映像のキッチンに大河内とココがやってきた。

『ココちゃん、今日も一緒につくりまちゅか?』

動画に映った大河内がココにいった。画面にタイトルが出る。

『大河内丈一の強面クッキング』

BGMがかかり、画面に映った大河内がスイーツをつくりはじめる。

「隠し撮りしてたの?」

と驚いておれを見上げる。

「すいません。三日前にお邪魔したとき、キッチンの棚におれのスマホを置いて隠し撮りしました。その動画を編集して料理番組にしてみました」

花史は真剣に動画を見ている。このことは花史にも話していなかった。

「たしかに任せるっていったけど……驚いたな。こんな番組をやってほしいってこと?」

大河内が引いている。そんなお願いをしてもやってくれないだろう。

だから、おれはこうした。

「いえ。もう公開してます」

「えっ?」

おれはパソコンでYouTubeのページを開いた。

「大河内丈一テレビ」のチャンネルが出てきた。二日前に公開したこの動画は、すでに百万回再生を超えていた。

「なんで……こんなこと？」

大河内が顔を青くさせる。

花史が微笑した。もうおれの狙いをわかったようだ。

おれは説明を始める。

「無頼キャラを演じる限りバッシングは続く。それを辞めたら役者の仕事が減るかもしれない。だったら、本来の大河内さんで人気を獲得したらいいんです」

そう、これがおれの思いついたやばい企画だ。

「みんなをがっかりさせるよ！」

取り乱す大河内におれはいった。

「そうでもなかったみたいです」

おれの言葉を聞いた大河内が、画面をスクロールさせて視聴者のコメントを見る。すでに千件以上が入っていた。

『大河内さん、可愛い！』

『怖いより優しいほうが平和で好き』

『料理できる男の人って素敵』

『俳優の役柄とのギャップがいいよね』

『大河内さん、おれもスイーツつくります！』

好意的なコメントばっかだ。

「危険だと思ってた大河内さんの優しい素顔を見たときは驚きました。だけど、その驚きをおもしろいと思ったんです。視聴者も同じだったみたいです」

大河内は信じられないといった顔でおれを見上げる。

「でも、役者の仕事が減るよ！」

役者の仕事は大河内にとって最も大切だ。心配するのもわかる。だから、こんな仕掛けもしといた。

「チャンネルには、仕事依頼用のメールアドレスも載せました。極道役の仕事は入ってます。それと、極道以外の役もです」

大河内は言葉を失う。

素顔が知られると危険なイメージが壊れて極道役の仕事が減る。その大河内の考えも合ってるかもしれない。だけど逆にいうと、危険な大河内丈一のイメージのままだと極道役ばかり依頼されるってことだ。

もともと大河内はいろんな役をやりたかった。優しい素顔が注目されたら、危険なイメージに縛られすぎず、いろんな役の依頼がくる。

そう思って、おれはこの企画を実行した。

上手くいった。

これで役者の仕事も減らないし、バラエティで無頼キャラを演じなくても済む。

『まだ問題があります』

花史がスケッチブックに書いた文字をおれに向けながら、大河内を見つめる。

大河内は血眼になってコメントをスクロールさせていた。

そして指を止めた。顔面を蒼白《あおじろ》くさせ画面に釘付《くぎづ》けになっている。

『男の中の男だと思ってたのに、冷めたわ』

『映画を観たらこの姿がチラついて集中できねえよ』

『なにこの赤ちゃん言葉……気持ち悪い』

三つのバッシングコメントがあった。

花史はスケッチブックのページをめくる。

『繊細な大河内さんは、百の応援があっても一の悪口があれば落ち込みます。ただ叩きたい人もいるんです。こういう卑怯者は、立ち上がれないほど復讐するのが一番なんです』

そう、文句をいうやつらは一定数いる。こんなやつらを完全に押さえつけるには、制裁するくらいしか手段はないかもしれない。

大河内が芸能人を続ける以上、バッシングとは付き合っていかないといけないんだ。

「そうかもな。だから、もう一つの解決策も考えた」

おれはトートバッグからあるものを出して大河内に差し出す。

「ある人から手紙を預かってます」

大河内は眉を寄せながら受け取る。花史も同じ顔をしていた。

その手紙を、大河内は読みはじめる。

大河内丈一様

初めてお手紙を出します。

今まではどこに出していいかわからなかったのですが、「大河内丈一テレビ」にファンレターの宛先《あてさき》が書かれていたため、本当に嬉しくて嬉しくて、急いで書きました。


それは、十数年前から大河内のファンだという女性からの手紙だった。

中学生のころに亡くなった父親と似ていたために大河内に興味を持ったという彼女は、やがて大河内の演技に惹かれて出演作をレンタルしたそうだ。

『歌舞伎町《かぶきちょう》金融伝』『戦いの狼煙《のろし》』『追いかける男』『警察捜査線』『ザ・アウトロー』

……借りられるものはすべて借りた。

彼女は、大河内の演技についてこう書いていた。

そのうち、大河内さんの演技に惹かれる理由に気づきました。どの役も怖い人なんです。でも、一人一人がぜんぜん違う。たった一言から演じた人物の人生が見えるんです。

一番好きな出演作は、『新宿物語』です。台詞はたった一言でした。傷を負って息絶えようとしている弟分に「兄貴、殺してくれ」といわれ、兄貴分の大河内さんが、悲しそうにいうんです。

「わかった」

あの一言が、大河内さんの奥にある優しさがにじみ出ていて大好きなんです。

彼女は大河内のブレイクを喜んでいたけど、先日プライベートでつらいことがあった。この不景気で、十年間勤めた会社からリストラをいい渡された。いわれたときは、悲しくて悔しくて、自分は世の中に必要とされてないと思った。しかし、その日の帰りに信じられないほど嬉しい出来事が起きた。

落ち込みながら帰宅していると、歩いている大河内さんを見つけたんです。

もう会えないかもと思って、崖《がけ》から飛び降りるつもりでサインをお願いしました。大河内さんは歩いていた男性にペンまで借りて、サインをしてくれました。帰りの電車の中で緊張が解けた瞬間、一人で泣いてしまいました。こんなに嬉しかったことは初めてです。やっぱり想像していた通りの優しい人でした。


彼女はおれたちが六本木で見たあの女性だった。

ＹｏｕＴｕｂｅの大河内を見ても、彼女はそれほど驚かなかったそうだ。料理をつくる大河内は、想像していた人柄のままだったからだという。


あの出来事と料理動画のおかげで、私の落ち込みはどこかに飛んでいきました。ＹｏｕＴｕｂｅの楽しみが増えた今は、明るい気持ちで次の就職先を探しています。

私はパタンナーという洋服の型紙を作る仕事をしています。今はアパレル業界も景気が悪く私の職種も給料は高くないのですが、この仕事が好きなので続けることにします。

本当にありがとうございました。

ＹｏｕＴｕｂｅでたくさん大河内さんを見られるのは嬉しいですが、無理はなさらないでください。

ファンの私の願いは、大河内さんの幸せです。
これからも応援しています。お仕事、頑張ってください！

大河内は嗚咽《おえつ》をもらしながら手紙をローテーブルに置いた。顔が涙と鼻水でくしゃくしゃになっている。

おれは口を開いた。

「ネットの意見は浅いんです。悪い意見も……残念ながらいい意見も。みんな切り取られた大河内さんだけを見て、事情も知らずに好き勝手にいってる。その意見を大河内さんが見ているかもしれないと考える想像力もない。だから傷つけてる自覚もない」

おれだって大河内の虚像だけを見ていた、にわかファンだった。

「でも本当のファンは違う。大河内さんを一人の人間として見ている。ファンレターはほかにも何通もきていた。勝手ですけど内容を確認させてもらいました。みんな大河内さんをちゃんと見ていた。だから、こっちが信用できる本当の意見なんです」

ファンレターをくれたほとんどの人は、何年も前から大河内のファンだった。そしてそのほとんどに「どこに送っていいかわからなかった」と書かれていた。大河内の演技は届いていたんだ。

芸能人の大変さはおれには計り知れない。こんなことというのは無責任かもしれない。どうするかは大河内の自由だ。それでも、いいたい。

「綺麗事みたいだけど、大河内さんは一人じゃない。ちゃんと見てくれている人がいて、その人たちの生活の中には大河内さんがいる。大河内さんのことで一喜一憂して、大河内さんを見て幸せになってる。そう思ったら……なんとか……なんとか踏ん張れないっすかね？　じゃなきゃ、悲しすぎますよ」

おれは絞り出すように声を出した。

花史は眉を寄せながらおれを見つめていた。

このまま続けても苦しいかもしれない。割に合わないかもしれない。逃げたほうがいいっていう人もいるだろう。

けれど、大河内は役者の仕事が好きなんだ。三十年も頑張ってきたんだ。このまま辞めたら、あまりにも報《むく》われなすぎる。だから――

「やるに決まってるだろぉ！」

大河内は手で顔を覆《おお》いながら何度もうなずいた。

そしてゆっくりと顔を上げる。

「もう、どんなに悪口をいわれてもいいよ」

その笑顔は、今まで見たどんな顔よりも大河内らしかった。

大河内は素顔でおれたちの企画した特番に出てくれるという。

もうＹｏｕＴｕｂｅと役者の仕事だけをすればいいのではないかといったのだけど、「ファンが喜ぶから。それに君たちの仕事なら」と嬉しそうにいっていた。

おれと花史は大河内の座付き作家として料理以外のＹｏｕＴｕｂｅ企画も考えながら、出演するバラエティ番組の相談にも乗り、精神面も支えていくことになった。

ＹｏｕＴｕｂｅの企画料は月に三万円だ。大河内はもっとくれるといったが断った。素顔のキャラで人気が続くかはまだわからない。人気が落ちても貯金があれば心にゆとりができる。おれには無頼キャラをやめさせた責任があるから、このあとの大河内のことも考えたい。つーことで、おれたちは、まだ当分は貧乏作家だ。

今回の件で、おれはバカな頭で考えて決めたことがある。

テレビは虚像を映す。

虚像を演じている芸能人は大勢いる。テレビマンが芸能人に虚像を作らせることもある。その虚像に怒る視聴者がいる。その結果、苦しんでいる芸能人もたくさんいる。

ＳＮＳのある現代、芸能人への誹謗中傷は大きな問題になってる。

いったい誰が悪いのか？

もちろんバッシングする連中だ。ただ、こいつらを完全になくすのは難しい。なにも深く考えずに、自分を正義だと思い込むし、相手の痛みも想像しない。

それに、芸能人に虚像を作らせたテレビマンも悪い場合がある。自ら虚像を作って視聴者を煽《あお》る芸能人も悪い場合がある。問題は複雑だ。

どうすれば解決できるのか？　今のおれには、完全に解決する方法はわからない。

だから、おれはみんなが幸せになれる番組をつくる。

視聴者も、芸能人も、そしてテレビマンも幸せになれる番組だ。

その番組を観る視聴者は多いほどいい。「見たくなければ見なければいい」というやつもいるけど、おれはそうは思わない。

なぜなら、テレビは最も大きなメディアだからだ。ものすごい人数を幸せにする力を持っているからだ。せっかくそんな力があるんだから、大勢を幸せにすればいいんだ。

それがおれの……テレビマンの使命だと思う。

駆け出しのおれは、まだテレビをわかってない。そんなもんは夢物語かもしれない。けど、おれはやってみる。動くしか能がねえからだ。

いくらネットに文句を書いても世界も自分も変えられない。動いて失敗して、また動いて失敗する。でもまた動く。それを繰り返していけば、進める気がする。

「花史、おもしろかったか？」

帰り道、おれは得意げに花史にいった。

「あの動画が受けなかったら、どうするつもりだったんですか？」

花史が冷めた顔をする。

そういわれると……一か八かの賭けではあった。

大河内の素顔はおもしろいと思ったけど、絶対に受けるとは思わなかった。ただ、放っておいても引退する。それならダメもとでやりたかった。

「そんときは……そんときだよ」

「責任感がなさすぎです」

無表情でキッパリといわれ、おれは微笑む。

おれはお前みたいに賢くねえんだよ。考えることはいつも穴だらけだ。だからお前が必要なんだよ。

「なあ、訊いていいか？」

花史がおれを見上げる。

「なんでおれと……コンビを組んだ？」

遠慮気味にいうと、花史は迷わずに即答した。

「おもしろいと思ったからです」

目を輝かせる花史を見て、おれの胸がスッと軽くなった。

「……そっか」

おれの頬が自然とゆるむ。

いつか花史がいってた。人は多面的だと。

花史は復讐のために日本一を目指してる。同時に、おれと一緒にいると楽しくて、仕事も楽しんでいる。それも本当のことだ。

花史の中にはいろんな花史がいる。綺麗なところも汚いところもある。それが本当の花史だ。勝手に理想の虚像をつくって勝手に幻滅するのはもうやめだ。現実の花史をちゃんと見ていくんだ。

花史はおもしろいことが好きだ。だったら、きっと変えられる。

復讐をやめろなんて簡単にはいえないし、そういっても花史は納得しないだろう。

それなら、おれの生き様を見せる。

今はまだ無理かもしれないけど、おれの背中を見せることで、復讐なんてどうでもいいと思わせる。そして、別の理由で日本一になりたいと思わせる。

なぜなら、復讐のために生きてたら、おもしろくねえからだ。

花史には、人生をおもしろがって生きてほしいんだ。

＃4「放送作家はつらいよ」

「『大河内丈一の人生這い上がり術』、通りました！」

電話口から西の声が聞こえて、スマホを下ろした。

全身に鳥肌が立ってプルプルと震える。

「……大城さん？」

おれは天をあおいでガッツポーズをし、思い切り吠えた。

「うおおぉ――!!」

通行人たちから白い目でジロジロと見られる。

関係ねえ。

「うおおっしゃあ――!!」

もう一回吠えてから、スマホを耳にあてた。

「あざっす！」

「……今、どちらですか？」

「広尾の商店街です」

電話の向こうから笑った吐息が聞こえる。

「相変わらず熱いですね」

「ええ、嬉しいときは喜ばないと！」

ゴールデンの企画が通った。おれたちの企画が、こどものころから見ていた枠で放送されるんだ。喜ばずにいられるかよ。

「乙木さんにもお伝えしてもらっていいですか？」

「うっす！　ちょうど今から、大河内さんの家でＹｏｕＴｕｂｅ企画の相談なんすよ。二人とも喜びます」

すると、西は浮かない声を出した。

「……実は、手放しでは喜べないんです」

「え？」

「わたしの上司である制作部長から条件を出されました」


花史と大河内の家の前で合流して玄関に入った。

「大河内さん、助演男優賞、おめでとうございます！」

大河内と顔を合わせるなりいった。

昨日、大河内はスポーツ紙の主催する映画賞で助演男優賞をとった。

「ありがとう。これでまた役者の仕事が増えるよ」

大河内に居間に案内されたあと、二人に電話のことを伝えた。

「企画が通った？」

大河内が目を見開く。

「はい。二十一時からの二時間特番です」

「よかったじゃない！　ねえ、花史くん」

花史は目をキラキラさせてうなずく。

「ただ……条件を出されました」

おれが静かにいうと、二人は真顔になった。

「西さんは制作部長に、『指名した作家を入れろ』といわれたそうです」

「……なんて人？」

おれは少し間を置き、いった。

「韋駄源太です」

制作部長は、十年以上も数々の番組を韋駄と手がけてきたらしい。西が初めてゴールデン番組のプロデューサーをすることもあり、自分の信頼する韋駄を入れなければ任せられないといわれたそうだ。

「……韋駄さんか」

大河内は曇った声を出す。

「知ってるんすか？」

「深夜の密着企画は、彼にいわれて出たんだ」

おれは声を失う。

「無頼キャラを勧めてきたのも彼だし、今まで出演したバラエティも韋駄さんに誘われて出た番組ばかりだ。キャラを辞めたくて何度も相談したけど、『売れるためには続けるべきだ』といわれて、降りられなかった」

大河内を追い詰めていたのは、韋駄だったのかよ。

数字を優先して演者の気持ちをないがしろにする。いかにもあいつらしい。

……どうする？

企画が通ったのは嬉しいけど、大河内の気持ちを考えると、

「やめときますか？」

おれはいった。

「おれたちも韋駄さんとは少し因縁《いんねん》があって……だから西さんも、どうするかはおれたち

に任せると」

大河内はすぐにいった。

「やりなよ。もったいないよ」

今回は内容も決まってるし味方のおれたちもいる。大河内が韋駄と会うとしたら収録の数時間だけだ。多少の嫌悪感を我慢すればいいだけかもしれない。

そうなると……問題は花史だ。

父親の韋駄とはもう会いたくないかもしれない。

「花史は……どう思う？」

少しでも嫌そうならやらない。花史の気持ちが一番大事だ。

花史はしばらく思い詰めた顔をしたあと、スケッチブックに文字を書いた。

『やりましょう。韋駄さんには実力があるので、番組がおもしろくなるかもしれません』

スケッチブックを見せながら頬をゆるませる。

「……いいのか？」

確認すると、首を傾けてきょとんとされた。

「いや、ならいいんだ」

花史は番組をやりたがっている。だったら、その気持ちを尊重するまでだ。

しかし、とんでもないことになっちまった。

韋駄と番組をつくるなんて嫌な予感しかしないけど、今回は仲間の植田も西もいる。しかも、これからあの人に助《すけ》っ人《と》をお願いすれば。

きっと大丈夫だ。


「君たちに仕事をもらえるなんてねぇ。優しくしといてよかったぁ」

太陽テレビの廊下を歩きながら、直江がおれと花史にいった。

そう、この特番には直江も入ることになったんだ。

提案したのはおれだけど、西も直江とは何度も仕事をしていて信頼していたため、すぐに賛成してくれた。

最強の味方を引き連れて、これからいよいよ一回目の特番会議だ。

「すいません、忙しいのに」

おれは歩きながらいった。

「作家は忙しくてなんぼでしょ。誘われたら何本でもやりますよ」

直江は韋駄天を辞めてから仕事を増やし、今や七本の担当番組を抱えている。

忙しいために最近は前よりは会ってないけど、相変わらず面倒見がよくて「困ったことがあったらすぐに相談して」といつもいわれている。

「この前も話しましたけど、会議には韋駄さんもいます」

「問題ナッシング。作家として初めて戦うから、逆にワクワクしてるよ」

それはおれも同じだ。韋駄天のころはダメ出しされるばかりで、韋駄の実力はよくわからなかった。

「韋駄さん、おれたちに嫌がらせとかしてきますかね？」

あんな辞めかたをしたんだ。確実におれたちをよく思っていない。

「そんなタイプじゃないけど……最近はご機嫌斜めらしいからなあ」

「……なんかあったんすか？」

「それは、おいおいね。それより、嫌がらせされたとしても韋駄さんにキレないでよ。殴ったりしたら確実にクビだからね？」

「わかってます」

『辛抱する木に金がなるです』

花史がスケッチブックを見せる。

「どういう意味だ？」

『辛抱強くコツコツ努力すれば、やがて成功できるという言葉です』

「へえ、そんな言葉があんのか」

「遺恨ビンタ」で刈谷にキレかかったから心配されてもしょうがない。

だけど、おれは成長した。精神的にも、技術的にも。

レギュラー番組をやってからは企画力も構成力も会議力もついた。花史ほどじゃないけど、おれも番組の力にはなれてる。正直、韋駄とも対等にやれる自信がある。自分の実力を測れる機会を前にワクワクしてるくらいだ。

直江が会議室の扉を開けると、西と植田、ほかのスタッフたちも座っていた。総勢十人以上は軽くいる。

「おう、売れっ子作家さんのお出ましか！」

小太りのおっさんが直江にいった。

歳は五十代くらい。短髪で赤いチェックのネルシャツ姿。口の周りに白い無精髭を生やしていて、山に住んでそうだ。

「熊野《くまの》さん、ご無沙汰《ぶさた》してまっす」

直江が敬礼のポーズをとると、おっさんが含みのある笑みを浮かべた。

「噂は聞いてるぞ。韋駄にブチギレて独立したんだって？」

「なんですか、それ。一の話が百になってますよ」

直江の困り笑顔を見たおっさんは「がっはっはっは！」と豪快に笑う。

「ディレクターは一を百に話すのが仕事なんだよ」

植田が立ち上がった。

「了くんと花史くん、ディレクターの熊野さんだ。おれはこの人から仕事をぜんぶ教えてもらった」

「今じゃ使われてるけどな」

熊野はまた豪快に笑った。植田とは仲がよさそうだ。

おれと花史はスタッフたちと名刺交換する。西と植田と直江以外は全員が初対面だ。

プロデューサーは西、演出は植田、ディレクターは熊野のほかに三人、ＡＤ四人、ＡＰ三人、リサーチャー二人……ゴールデンだけあって、今までの番組で一番人数が多い。

名刺交換を終えて席についた。

音のない会議室で、あいつを待つ。

いったいおれたちは、あれからどれくらい成長したのか？

あの男の実力はどれほどなのか？

どんな番組になるのか？

いろんなことを考えた。

そして会議開始時刻の十八時ちょうどに扉が開いた。

日本一の担当番組数を誇る男、韋駄源太が颯爽と入ってきた。

花史は緊張の面持ちを浮かべていた。

韋駄の後ろには若い男もついていた。覇気がなく暗い顔をしている。どこかで見たような……韋駄天の先輩だ。

韋駄天会議で企画書の修正指示を訊いても教えてくれなかったやつ。

……なんて名前だっけ？

「韋駄さん、ご無沙汰してます」

直江が韋駄に微笑みかける。おれたちも軽く頭を下げた。

「おつかれ」

韋駄はクールにいって座った。やっぱりおれたちなんて眼中にないか。なにかしてくるなんて心配しすぎだ。

「影山さんも、お久しぶりです」

そうだ。影山だった。

「……ああ」

と答えて韋駄の隣に座る。そしてすぐにノートパソコンを机に置き、キーボードを打ちはじめた。

西からは、作家はおれたち三人と韋駄だけと聞いている。つーことは、影山は韋駄のアシスタントだ。韋駄の企画書か台本でも書いてるんだろう。

しかし、顔色が悪いやつ。もともと悪かったけど、おれが韋駄天にいたころよりもげっそりしてる。

「韋駄、相変わらず忙しそうだな。もう若くねえんだから頑張りすぎんなよ」

熊野がいうと、韋駄は少しだけ表情をゆるませた。

「熊野さんこそ、歳を考えないと過労死しますよ」

「おれは仕事で死ぬって決めてるからいいんだよ」

昔から知ってる仲みたいだ。

西が口を開いた。

「皆さん、作家の乙木さんは筆談で会話をします。よろしくお願いします」

花史がぎこちない笑みを浮かべてペコリと頭を下げる。こんな大人数は初めてだから、かなり緊張してる。

「では、会議を始めます。まずはゲストを決めましょう」

「ちょっといいですか?」

韋駄が西にいった。

「……なんでしょう？」

「企画書には、素顔の大河内がゲストと対談のみをすると書かれていましたが、本当にそうするつもりですか？」

久しぶりに聞く独特の早口。韋駄天時代の嫌な思い出が次々に蘇った。

「はい」

西が冷静に答えると、韋駄は無表情でいった。

「大河内はこれまで通りの無頼キャラでいきましょう」

会議室の空気が張り詰める。

この野郎……いきなりぶっ込んできやがった。

「なぜでしょう？」

西が訊くと、韋駄は感情のない声を返した。


「これでは数字が取れません」


バラエティ番組にとって最も重視すべきことは視聴率だ。

経験豊富な力のあるチーフ作家が「数字が取れない」と断言するのなら、局員のプロデューサーでもその意見は無視できない。これで議論しなければいけなくなった。

「大河内さんが素顔で出演している料理動画は人気です」

西は微笑みつつも反論する。

「ＹｏｕＴｕｂｅとテレビの視聴者層は違う。若者に受けても、中高年層が中心であるテレビの視聴者にも受けるかはわからない。ゴールデンでいきなり試すのはリスキーです」

口を閉ざす西を見て、韋駄は続けた。

「テレビでは優しいキャラより毒舌キャラが受ける。ここ数年のブレイクタレントを見ても一目瞭然《いちもくりょうぜん》だ」

前に植田もそういっていた。

けれど、そんなことをしたら大河内がまた追い詰められる。

西は黙ってる。

このままじゃ……やばい。

おれはいった。

「素顔を明かした大河内さんが無頼キャラを演じたら、番組が嘘臭くなります」

韋駄がギロリとおれに目をやる。

「視聴者は本当の大河内など見ていない。ＹｏｕＴｕｂｅの大河内も無頼な大河内も素顔だと思っている」

視聴者は虚像しか見ていない。

ほとんどの人は大河内のことをちゃんと見てねえんだ。それは以前の一件で嫌というほどわかった。そう考えると、どっちも大河内の素顔だと思ってる人が多いかも。

西が韋駄に顔を向ける。

「しかし、わたしは毒舌で視聴者に活を入れるより、優しく視聴者に寄り添う番組にしたいんです。だから、大河内さんには素顔で出ていただきたいです」

強硬手段に出た。

そう、この内容は西の希望でもあるんだ。

韋駄はクライアントのために仕事をしている。こういわれたら引き下がるしか――

「私は制作部長に、『番組を成功させてくれ』と頼まれた。数字を取らなければ第二弾もレギュラーもない。納得できる理由がなければ意見を変えられません」

今回のクライアントは制作部長ってことか。

韋駄は大河内の気持ちをちっとも考えていない。相変わらずクソ野郎だ。

クソ野郎だけど……プロだ。

西に賛同してれば嫌われずに済むし仕事も楽だ。でも仕事を全《まっと》うするためにそうしない。

こいつが二十年も売れてきた理由の一つがわかった。自分の中で明確な答えを持っていて、どんな場面でも引かなかったから局員たちに信頼されてきたんだ。

とはいえ、絶対に納得できねえ。もう二度と大河内を食い物にはさせない。

おれはつい感情的になって韋駄に牙《きば》をむく。

「大河内さんは無頼キャラのせいでバッシングに苦しんできました。これ以上続けたら精神的にやばいです」

無頼キャラをやらせるのならこの番組をやらないほうがいい。もう大河内を苦しめたくない。あの人には無頼キャラは合ってないんだ。

けど韋駄は表情を変えずに、

「そんなものはどうでもいい」

どうでもいい？

これは大河内ありきの企画だ。あの人が壊れたら第二弾も第三弾もなくなる。目先の視聴率だけにこだわるなんて、クライアント第一主義の韋駄らしくない。

いや、それよりも……なんて言い草なんだよ。

「大河内さんが苦しんだのはあんたのせいでしょう？　なんかあったらどうするつもりだったんすか？」

おれは怒りを抑えながら静かにいう。キレたらダメだけど、これは伝えるべきだ。

「選んだのは大河内だ」

「断れなかったんすよ」

大河内は韋駄の提案にすがるしかなかった。でも結局は苦しんで韋駄に相談した。それでもこいつは続けろといった。

「それで潰《つぶ》れたら、大河内は芸能界に向いてなかったってことだ」

「あんたにとって、他人は自分のための駒でしかないんすか？」

大河内を自分の成功のために利用した。こいつは本当に金のためだけに生きてるんだ。

韋駄は呆れるように笑った。

「まだ勘違いしてるようだな。自分を出して生き残れるほど芸能界は甘くない。大河内の代わりはいくらでもいる。お前の代わりもな。夢じゃ食っていけねえんだよ」

放送作家はクライアントの犬になれ。それがこいつの持論だ。

それなら……証明してやるよ。

大河内もおれ自身も、自分らしさを出しても生き残れるってことを。

おれは西を見つめる。

「そんじゃ、素顔の大河内さんでも数字を取れる企画にしたらどうですか？　大河内さんの出演が企画通過の大きな理由ですよね。這い上がり術のテーマに沿ってれば、どんな企画でも編成は納得するんじゃないすか？」

「……はい。おそらく」

「収録まで三ヵ月ある。一週間もらえたら考えられます」

花史と直江と三人で案を出せば、韋駄の納得する企画を考えられるはずだ。

「時間の無駄だ」

韋駄がおれにいう。

「できます」

おれが食い下がると、韋駄はいった。

「だったら、お前だけで考えてみろ」

直江と花史抜きで考えろってことか？

「お前が大河内を口説いたんだろ。最後まで一人でケツを持ってみろ」

その薄ら笑いを見て、怒りが沸き上がった。

ナメられてる。おれだけじゃできないと思ってやがるんだ。

……上等だ。やってやるよ。

「わかりました」

おれがいうと、韋駄は西に顔を向けた。

「大城が完璧な企画を考えたら私も引き下がる。それでどうでしょう？　まあ、大城だけで無理なら、ほかの作家も協力して構いませんが」

「おれだけで十分すよ」

おれは静かにいった。

西は少し考えてから口を開く。

「では、大城さんは来週の会議で企画を出してください」

「はい」

「師弟対決か。おもしろくなってきたな」

熊野が嬉しそうにいった。

「続きは来週にしましょう。おつかれさまでした」

ほかのスタッフたちも「おつかれさまでした」と声を出し、会議が終わった。

首の皮一枚でつながった。

大きく息をついたとき、

「影山、台本がきてねえぞ」

韋駄の声がする。前を見ると韋駄がヴィトンのバッグを持って立っていた。

だけど影山はキーボードに両手を置きながらコクリコクリとしている。

直江に鍛《きた》えられている期間、おれたちにもあんな場面がよくあった。寝不足なんだ。

「影山！」

韋駄の大声を聞いた影山がビクッとする。

会議室に残っていたスタッフたちも一斉に韋駄に注目した。

「……台本」

韋駄が無表情で影山を見つめる。

「す、すぐ送ります！」

慌ててキーボードを打つ影山を置いて、韋駄は颯爽と会議室を出ていった。

よほど焦ったのか影山は額に大量の汗をにじませ、おれたちが会議室を出るまでずっとキーボードを叩いていた。

韋駄が外で大きな声を出すなんて意外だった。なによりも仕事を大切にしてるから、自分が外で悪く見られることはしないと思っていた。

不思議だったけど、すぐにその理由がわかった。


「韋駄天が……壊滅寸前？」

会議が終わり、おれたちは久しぶりに三人で西麻布のラーメン屋台にきていた。

『すべてなくなる寸前ということです』

花史がスケッチブックを見せた。

「いや……驚いただけで意味はわかってるよ。おれのことバカだと思ってるだろ？」

花史に突っ込むと、直江が笑った。

「久しぶりだなあ、この絡みを見るの」といって、直江は続けた。

「おれたちが独立して上手くいってんじゃん？　それでみんな火がついて、ほとんど辞めたんだって」

弟子が減ったとは植田から聞いてたけど、今じゃほとんど辞めたのか。

「何人くらい残ってんすか？」

「影山さんと、作家一年目の三人」

二十人以上が四人？

けど自業自得だ。あんなやりかたしてたのが間違いなんだよ。

『仕事は回ってるんですか？』

花史がスケッチブックを見せる。

「いや。今は影山さんが一番弟子だろうけど……」

直江が眉を下げ、しんどそうな顔をする。

「……なんすか？」

「影山さん、不器用なんだよ。会議にはついてこられないし、頼まれたことはすぐ忘れるし、リサーチもズレたネタ出すし。頑張ってるけど上手くいかないから、韋駄さんに議事録ばっか書かされてたの」

そういえば、いつも議事録を書いてたな。

「作家は何年くらいやってんですか？」

「おれより三年先輩だから……七年かな」

「七年……？」

それだけやって議事録係だったのかよ。よく続けてきたな。

『ほかは新人だから、影山さんに仕事をしてもらうしかないです』

花史がスケッチブックを見せる。

「だろうね」

影山が直江と同じように手伝えないから、韋駄はイラついてるんだ。

つっても、直江みたいに毎週二十本の台本なんて書けねえだろ。おれたちだって韋駄の台本を書いたのは最後の一週間だけだ。しかも花史と二人がかりで。二人でもあれを続けるなんて絶対に無理だった。直江がバケモンすぎるんだ。

ふと疑問が湧いた。

「直江さんは、どれくらいで韋駄さんの右腕になったんすか？」

「一ヵ月」と涼しい顔でいう。

「すげえ！」おれはのけぞった。

花史も尊敬のまなざしを向ける。

小山田もこの人を天才だといってたし、きっと別の仕事をしても成功してる。そもそも頭がいいんだよ。

「そうそう、企画どうしよっか。おれたちも考えようか？」

会議後、西からはおれだけでやるか三人でやるかは作家陣に任せるといわれていた。

「おれだけで大丈夫っす！　タイマン無敗なんで！」

おれは右の握り拳を見せる。

「……それ、喧嘩でしょ？」

「同じようなもんすよ！」

「違うよ。ねえ？」直江が引いた顔をする。

花史も引きつった笑顔でうなずく。

おれは背筋を伸ばす。

「韋駄さんのいう通り、おれにも責任はあるんです。それに……」

花史を見つめると、不思議そうな顔を返された。

おれは直江に顔を向ける。

「とにかく、やらせてください！」

直江が頰をゆるませる。

「まあ、好きにしなよ」

花史もうなずいて賛同してくれた。

「ただ、おれたちは仲間だ。やばそうだったら助けるからね」

花史がまたうなずく。

「あざっす！」

おれはカウンターに両手をついて頭を下げる。

「でも、なんか不気味だよなあ……」

直江が頰杖をつく。

「なにがすか？」

「韋駄さん、なんで了くんに突っかかるのかね？」

そんなの決まってる。

「韋駄天をぶっ壊した張本人だから、ボコりたいんじゃないすか？」

「うーん……それだけじゃない気がすんだよね」

と直江は納得しない。

「外の会議であんな個人的な考えをいう人じゃないし、無駄な時間も嫌うから猶予を与えるのもなあ。ほら、韋駄天時代も了くんに『放送作家は、作家じゃねえんだよ』っていってたでしょ？　あんな姿も初めて見たんだ。やけに了くんにムキになってるっていうか」

そういわれると……おれの考えかたが気にいらないように見える。

「まあ、どのみちボコボコにします！」

おれは直江の言葉を気にしなかった。

自信があったんだ。

このときは、まだ自分を知らなかったから。

おれは本当にバカ野郎だったんだ。


一週間後、太陽テレビで会議が始まった。

「大城さん、約束通り企画をプレゼンしてください」

「はい！」

おれは会議室に座っている韋駄を見つめる。

あれから毎日死ぬほど考えた。この企画を通せばぜんぶ解決できる。

もうあのころのおれじゃないんだ。成長したところを見せてやるぜ。

おれは腹から声を出した。

「這い上がり術に別のキーワードを掛け合わせました。それは、グルメです！」

スタッフたちが机に置かれているペライチの紙を見る。

「大河内さんがスタジオでゲストに料理を振る舞い、それを一緒に食べながら這い上がり術をトークします。これで数字の上乗せを狙います！」

「なるほど。グルメは高視聴率ソフトだ」植田が後押ししてくれる。

「ＹｏｕＴｕｂｅでも大河内さんの料理は注目されてますね」直江も乗ってくれた。

「グルメか。たしかに視聴者の興味は惹く」

韋駄も紙を見ながら肯定する。

どうだ、見たかよ。もう昔のおれじゃねえ。あんたと十分戦える実力をつけたんだよ。

しかし得意になったのも束の間——

「だが、かみ合わせが悪い」

小さな目をおれに向け、韋駄が早口で続けた。

「楽しい番組ならまだしも、真面目な這い上がり術のトークに料理を合わせたら不協和音になる。料理はおまけだから、大きな数字の上昇も期待できない」

会議室が静まり返る。

韋駄が大物作家だから、みんな遠慮して黙ってるわけじゃない。

反論できないんだ。

「仲のいい芸能人」や「趣味」などの楽しい話なら料理を食べてもいいかもしれない。でも今回は不遇の時代を過ごした芸能人たちが、どう這い上がったのかを話す番組だ。

達人同士の対決や「天国からの出前」くらいにグルメに振り切るなら別だけど、料理は基本的に楽しく観たい。真面目な這い上がり術と楽しい料理はミスマッチなため、視聴者を気持ち悪くさせるかもしれない。

しかも、テーマは這い上がり術だから料理はおまけ程度の扱いしかできない。韋駄のいう通り、大きな数字の上昇は見込めない。

いわれてから、初めて気づいた。

だけど……これで終わりじゃない。

「もう一つあります」

この企画がダメだったときのために、もう一つ用意してきた。二つも考えるとは韋駄も予想してなかったはずだ。

「二つ目のキーワードは、恩人です！」

スタッフたちがもう一枚の紙を見つめる。

「大河内さんとゲストの這い上がり術トークのあと、ゲストの恩人にもスタジオに登場してもらいます！」

「あの人に会いたいか。泣けそうだな」熊野が乗ってくれた。

「かみ合わせもよさそうですね」西が笑顔を見せる。

おれはほっとする。これならかみ合わせもいいはずだ。何時間も考えてやっと思いついた企画なんだ。これなら――

「インパクトが弱い」

韋駄が平然といった。

「恩人との再会は平凡な切り口だ。これをやるのなら、必ず号泣するMCを起用して画《え》を強くしなければならない」

スタッフたちが口を閉ざす。

大河内は優しいけれど小山田ほど涙もろくはない。恩人との再会を目にしても、必ず号泣するとは約束されていないんだ。

おれはなにもいえなくなる。

韋駄はまだ、少ししかしゃべってない。

だけど……。

わかった。嫌だけどわかっちまった。

おれと韋駄は、見えている世界が違う。

頭のよさか経験の差かはわからないけど、水深五メートルしか見えてないおれと違って、韋駄は水深百メートルが見えている。

「もう終わりか？」

「……」

「あれだけ大口叩いて、たった二つか？」

偉そうなことといいやがって。

否定するのは簡単だ。なにかを一から考えることが一番難しいってわかってるだろ。

「だったら、あんたはこれ以上の企画を考えられんのかよ？」

口にして、すぐに後悔する。

韋駄は大河内を無頼キャラで出させろといってる。それを嫌がって企画を考えるといったのはおれだ。こんなの泣き言と同じじゃねえか。

「影山」

「はい」

韋駄にいわれて影山が席を立つ。そしておれの前まで歩いてきて、ペライチの紙を机の上に置き、席に戻った。

そこには、十個以上の企画が書かれていた。

這い上がり術といろんなキーワードが掛け合わされていて、どれもおもしろそうだ。おれよりも発想の幅が広いし、かみ合わせもいい。

これが韋駄の実力か。

認めたくないけど、明らかにおれより上だ。

圧倒されていると韋駄がいった。

「それは影山に考えさせた企画だ」

影山？　韋駄が考えたんじゃねえのか？

……影山は韋駄天の仕事をしていておれよりずっと時間がないはずだ。なのに、こんなにレベルの高い企画を十個以上も考えたのか？

「それは使わない。さっき確認したが、そこにも正解はないからな」

こんなにおもしろそうなのに、正解はない？

「どうする？　この場でほかの企画を提案してもいいぞ？」

冷めた顔で追い詰めてくる。

アイデアを出せ。

ショックと苛立ちで頭が回らねえ。焦りだけが大きくなっていく。

「お前の目的はなんだ？」

韋駄がおれに質問をして、

「数字を取ることだ」

すぐに自分で答えた。

「つまり視聴者の興味を惹きたい。どうすれば惹ける？　一番やってはいけないのはありがちな企画だ。大河内ならではの企画にしたい」

腕を組み、頭を左右に傾けながら独り言を続ける。

……なにしてんだ？

「この番組の特徴は大河内の出演だ。大河内を立てたい。あいつのウリを掛け合わせたら成立するか？　料理みたいな平凡なウリじゃない。大河内ならではのウリはなんだ？」

一人でブレストしてんのか？　ブレストは二人以上でするもんだろ？

しかも、とんでもない早口のためについていけない。

この光景をどこかで見たことがある……花史だ。「遺恨ビンタ」の収録でやばい企画を思いつく前にこんな仕草をしていた。

「強面？　顔にコンプレックスのあるゲストばかりを呼ぶか？　まだ弱いな。大酒飲みだから酒を飲んでトーク？　犬が好きだからペットを絡ませる？　いや、どちらもバラエティ寄りだ」

一人でアイデアを出して一人で潰してる。

独り言を始めて三十秒も経ってない。みんな唖然としてる。

花史がスケッチブックになにかを書きはじめた。

いや、気にするな。今は韋駄よりも早くアイデアを出すことに集中しろ。

韋駄は声を出し続ける。

「確実に数字を取るなら、もっと強いワードが必要だ。無頼以上に大河内が持ってる強いものはなんだ？」

だんだん道が狭くなってる。

なんなんだよ、こいつは？

韋駄は答えにたどり着く。みんなもそう思ってる。

早く……早くおれが答えを出さないと。

「視聴者が無頼以上に見たい大河内はなんだ？　……そうか」

韋駄がゴールにたどり着いたとき、
花史が机の上にスケッチブックを立てた。

スタッフ全員が、その文字を見つめる。

韋駄も見つめて、ニヤリとした。

「そうだ。それが正解だ」

花史のスケッチブックには、

『大河内さんが再現ドラマに出演』


そう書かれていた。

おれは愕然《がくぜん》とする。

「助演男優賞を獲《と》ったばかりだな。視聴者は大河内の演技に注目しはじめている」

なんで……気づかなかった？

「ゲストとの対談の途中に、這い上がったストーリーの再現ドラマを挟み込み、大河内が重要な役を演じる。それなら数字を取れるかもしれない」

おれは大河内の一番近くにいた。

なのに、なんで……？

「ただ、あと一つ足りない。ドラマの見せかたを工夫したい」

韋駄はチラッと腕時計に目をやったあと、西にいった。

「次があるので出ます」

西がはっとする。

「あ……はい」

「来週までに、今いった方向性の企画を大城に出させる。それでいいですか？」

「わかりました。大城さん、お願いします」

「……はい」

呆然としながらなんとか声を出した。

韋駄と影山が立ち上がる。

まだ……やれる。

一回ダメだったくらいでなんだ。来週、結果を出せばいい。

今日だって……よくやった。一年目の新人にしては上出来じゃねえか。

そうだよ。落ち込むことはないんだ。

「大城」

顔を上げると、韋駄がおれを見ていた。

そして見下すような表情でいった。

「よく放送作家なんて名乗れるな」

顔が熱くなる。

恥ずかしさと、情けなさと、悔しさに支配された。

おれはうつむき、なにもいい返せなかった。ここから逃げ出すのをなんとかこらえることで精一杯だった。

韋駄と影山は会議室から出ていった。


会議が終わったあとも、後悔にとらわれていた。

——演技。

どうして、あんな簡単なキーワードに気づかなかった？

大河内が役者の仕事を愛してると知ってたのに……足元にあった答えに、なんで気づけなかった？

……いや。気づく気づかないの話じゃない。

たどり着けなかったんだ。

韋駄は頭を使って、いくつもの道を潰していったからあの答えにたどり着いた。

偶然じゃなく必然的に答えを出した。実力なんだ。

疑問が湧く。

じゃあ……花史も同じように考えてたのか？

韋駄の独り言をヒントに……？

違う。

もっと早く書きはじめていた。韋駄の考えるスピードよりも早く答えを出したんだ。頭で考えていたわけじゃなく……自然に答えを出した？

おれの心臓がドクンと大きく鳴った。

花史が賢いことは知っている。

でも、これじゃまるで——

「了くん」

直江に呼ばれ顔を上げる。花史と二人で横に立っていた。

「派手にやられたねえ」

と、眉を下げながら微笑みかけてくる。

「……はい」

おれはうなだれた。

「しょうがないよ。あの人がバケモンなんだ」

直江だってとんでもない能力を持ってるのに、その人がバケモンといってる。韋駄はそんなやつなんだ。

おれは韋駄と自分の差をわかってなかった。いや、そんなこともわからないくらいに差があったんだ。

「そんじゃ、三人で戦いますか」

直江が活気のある声を響かせる。

「花史くん、おれたちも企画を考えて――」

「おれが考えます」

言葉をさえぎった。

直江は戸惑うように笑って、

「いや、でもさ……」

おれは立ち上がって頭を下げた。

「やらせてください！」

企画の大枠は決まって前よりも宿題の難易度は下がってる。

今までもがむしゃらにやってどうにかなった。今度もきっとできる。

がむしゃらにやるしかないんだ。おれにはそれしかできない。

ここは一人で勝たないといけない。

じゃないと、おれは……。

直江と花史は納得してくれた。


一週間後、会議が始まった。

無意識にまぶたを閉じていたおれは我に返り、首を左右に振る。この企画に時間をとられてレギュラー番組の台本も締め切りを過ぎそうになった。

だけど今日は企画を二十個も用意してきた。

がむしゃらにやりまくった。これだけ頑張ったんだから、どうにかなるはずだ。

おれは紙を見ている韋駄をにらむ。

「大城さん、お願いします」

西にいわれ、企画案の書かれた紙を見つめる。

「はい！　一つ目は――」

「もういい」

その声に、おれの勢いは殺された。

韋駄がため息をつく。

「時間の無駄だ。『ドラマにクイズを入れる』『有名脚本家を起用する』『天国と地獄グラフを入れる』……よくある切り口ばかりで、劇的な数字の上昇は見込めない」

おれの気力が体から抜けていく。

すると、隣に座っていた花史がスケッチブックになにかを書きはじめる。

企画だ……おれを助けようとしている。

「……書くな」

おれの口が勝手に動く。

……なんで止めてんだ？

助けてもらえばいいじゃねえか。おれたちは二人で一人なんだ。

花史は書き続ける。

それを見たおれは、

「書くな！」

怒鳴り声に驚いた花史がビクッとして体を固まらせた。

会議室が凍《こお》りつく。

なんで怒鳴ってんだよ？

花史への罪悪感と韋駄にいわれた言葉のショックで、どうしていいかわからなくなる。

混乱しながらうなだれる。

……わかっていた。これじゃ無理だと。

周りの評価はわからないと小さな希望にすがるしかなかった。

「お前の企画がなんでつまらないかわかるか？」

韋駄にいわれ、顔を上げる。

考えれば考えるほど頭が固くなって発想の幅が狭くなった。どんどん体が鎖につながれていくようだった。ただ、なんでそうなったかはわからない。

「自分らしい企画が否定されたからだ。だから無難《ぶなん》な企画に逃げたんだよ」

いわれて、気付く。

自分らしい企画を思いついてもまた否定されると思った。そのことにビビって通りそうな企画ばかりを選んじまったんだ。

「大河内をよく見せることばかりを考えるからそうなる。いや、本当は大河内のことすら考えていない。無頼キャラをやめさせて芸能界を生き残れる保証がどこにある？　お前はなにも上手くできてない。今まではたまたま上手くいってただけだ。自分たちのことなんてどうでもいいんだよ。視聴者のことだけを考えろ」

いつもの早口と違って、ゆっくりとおれにわからせるようにいう。

「あんたの考えは……間違ってる」

負け惜しみなのはわかってるが反論する。

「このままじゃ大河内さんは潰れる。目の前の数字は取れても次はないかもしれない。あんたは大河内さんの人間性を認めていない。西さんや弟子たちの人間性も。そんなあんたの企画は……ニセモノだ」

「ニセモノでいいんだよ。それがテレビだ」

おれは押し黙る。

韋駄の考えじゃダメだ。大河内に無頼キャラをやらせたらダメなんだよ。

でも……韋駄を納得させられる企画を考えられていない。どうしていいかもわからない。

「もうわかってるはずだ」

「……なんの話すか？」

「お前は自分に無限の可能性があると信じていた。だがやっと気づきはじめた。全員を満足させられる企画など自分には考えられないと。ところが……」

韋駄はおれの隣に目をやった。

「乙木にはそれができるかもしれない。お前はそう思っている」

スタッフたちが花史に注目する。

花史は戸惑いの表情を浮かべた。

「会議と関係ないこと……しゃべんないでくださいよ」

おれは歯を食いしばる。

こいつは……なんでこんなことをいうんだ？

「お前は乙木にコンプレックスを抱いてきた。ここで結果を出さないとずっと惨《みじ》めな思いをする。それが怖いから一人で結果を出そうとした」

おれは拳を握った。

こいつのせいで韋駄天のやつらが苦しんだ。

大河内も苦しんだ。

今もおれを苦しめようとしている。

こいつはどこまでクソ野郎なんだよ？

「自分にも、それがあると思いたかった。だがそんなもんを信じても無駄だ。とっととコンビを解消して使える作家を目指せ。クライアントと数字のことだけを考えろ」

「……しゃべんなっていってんだよ」

韋駄をにらみつけた。

なんの権利があってこんなことといってんだ？

こいつには圧倒的な力がある。だったら、なんでそれを他人のために使わない？

金のために他人を苦しめてきたやつが、偉そうなこというんじゃねえ！

「自分らしさを出して生き残るなんて、お前には無理なんだよ。なぜならお前は……」

……やめろ。

それ以上はいうなよ！


「どこにでもいる凡人だからだ」


席を立って韋駄の胸ぐらを摑み、右腕を振り上げる。

「了！」

「了くん！」

「大城さん！」

直江と植田と西が同時に立ち上がった。

おれは正気に戻る。

韋駄は動じずにおれを見つめていた。

「暴力で一番になりたけりゃ極道にでもなれ。お前は中途半端なんだよ」

慌てて韋駄から離れた。

おれは、また……。

謝れ。土下座しろ。すぐに謝れば大事にならずに済む。

じゃないと番組を降りなきゃいけなく——

ペチン。

小さな音がして、韋駄のメガネが床に落ちる。


花史が韋駄をビンタした。


「了……くん……を……バカに……しない……で……ください」

眉間にシワを寄せ、降ろした両手の握り拳をプルプルと震わせる。

花史が……人を殴った？

想像していなかった光景を目の当たりにし、直江も植田も西もおれも動けない。

韋駄は薄く笑い、腕時計をチラッと見た。

そして西に顔を向ける。

「次があるので出ます」

立ち上がり、メガネを拾ってかける。

「大河内は無頼キャラでいきます。それでいいですか？」

もう……ここまでだ。

「……はい」

西の沈んだ声を聞いた韋駄は、颯爽と会議室を出ていった。


西と植田と熊野、作家陣は会議室に残った。

影山も残ってノートパソコンのキーボードを打ち続けている。その乾いた音だけが響き渡っていた。

花史はスケッチブックに文字を書いて西に見せた。

『番組を降ります。後悔はしていません』

その微笑みには少しの迷いもない。

衝動的じゃなく、降りるつもりで殴ったんだ。それがわかった。

ペコリと頭を下げ、花史は会議室を出ていった。

おれは追いかけられない。

だってよ……おれのせいでこうなったんだ。どんな顔で追いかければいいんだよ？

「西、おれたちはロケだ。了くん、あとで話そう」

「……はい」

植田と西も会議室をあとにする。

おれのせいで花史が番組を降りる。しかも、父親を殴らせた。

なんてことを……。

おれのせいで最悪な状態になった。大河内だけじゃなく花史も守れなかった。

頭ん中がゴチャゴチャだ。

「おつかれさまでした」

声のほうを向くと、影山が立ち上がってノートパソコンを鞄に入れていた。

韋駄の企画書か台本を書き終えて送ったんだろう。

「おう」

「おつかれさまです」

熊野と直江が答え、おれも軽く頭を下げる。

影山が歩き出す。

が、ふらついた。

……なんだ？

目で追うと、ＫＯ寸前のボクサーのようにフラフラと二、三歩進んで——倒れた。

おれは急いで影山に駆け寄る。


影山をおぶったおれは、熊野と直江に導かれ太陽テレビの局内にある病院に入った。

医者が一人しかいなくてほかの診察で手が離せなかったため、影山を院内のベッドに寝かせて待合室で座って待つことになった。

「まあ、こうなるよなあ……寝不足と過労による貧血倒れってとこかな」

隣に座る直江がいった。熊野は少し離れて座っている。

「……」

「了くん？」

「……あっ、すいません」

影山には悪いけど、今は自分のことで頭がいっぱいだ。

とんでもないことをしちまった。

おれはなんであんなことを……？

そうか。韋駄がいっていた通りだ。図星だったから怒ったんだ。

「わかるよ。おれも小山田と組んでたから」

明るくいう。

直江は小山田の才能についていけなくてコンビを解消した。

おれを理解してくれていると思うと、胸にためていた不安を吐き出したくなった。

「……はじめは違ったんです」

小さな声でいった。

「うん」

優しい声だった。この人といると、つい弱音も吐き出しちまう。

「頭を使ったこともなかったのに、韋駄天で企画が通って調子に乗った。花史のすごさを見ても、始めたばっかだからって言い訳ができてたんです」

そうだった。最初はまだ希望があった。

「そう思うよねぇ」

「けど時間が経つにつれて、あいつはおれとは違うって……あいつとの距離は縮まらないんじゃないかって……でも、がむしゃらにやるしかなくて、それでもダメで……」

追いつくどころか、どんどん背中が見えなくなっていった。

「つらいよなあ」

本当につらそうに共感してくれる。

鼻の奥から熱いものが溢《あふ》れてきた。

「花史の影になるのが怖かった。だから……グチャグチャにしちまった」

おれは自分が主役になりたかった。

脇役になるのが怖くて、ぜんぶ壊した。

現実を認めたくなかった。

そのせいで花史にも怒鳴っちまった。おれを助けようとしただけなのに……。

おれに怒鳴られたのに、花史はおれのために韋駄を殴った。

なのに……おれは今もまだ、自分のことを考えてる。そんなに自分が可愛いかよ？

おれはなんでこんなクソ野郎なんだ？　でも、悔しさが溢れて止められない。もういい。ぜんぶいっちまえ。

鼻水をすすりながら声をあげる。

「初めて本気でなにかを頑張った。それが通用しない。なんで花史とこんなに違うんだよ。なんでこんなに不公平なんだよ。どうすりゃいいのか……わかんないんすよ」

直江はおれの肩に手を回してポンポンと叩いた。

涙がぼろぼろと流れる。

頭の中がごちゃついてて、なんで泣いてるのかもよくわからない。

ただ、悔しいことはわかった。

自分の才能の無さが、自分の不甲斐《ふがい》なさが、世の中の不公平さが悔しい。

悔しくて悔しくて、涙が止まらなかった。

これ以上、花史とやっていける自信もない。

花史にはずっと勝てない。あいつの脇役として小さくやっていく自分を想像しちまう。

そんなのは耐えられない――。

しばらく泣いて落ちついたころ、熊野がつぶやいた。

「お前ら、韋駄と青島志童みたいだな」

おれと花史が……韋駄と青島？

手で涙をぬぐい、熊野に顔を向ける。

「韋駄さんと青島志童……知り合いなんすか？」

「コンビじゃなかったが、一度だけ同じ番組をやったことがあった。あの番組が終わってから、韋駄の企画には色がなくなった」

熊野がおれに微笑みかける。

「……色？」

「韋駄らしさがなくなったんだよ。そして金と地位を求めるようになった」

「なんで……」

おれがいったとき、診察室の扉が開いた。

影山が病院の出口へと歩いていく。

「韋駄さん……韋駄さんのところにいかないと……」

目はうつろで足元もおぼつかない。

診察を待たずに勝手に出てきたんだ。

「おい、待てよ」

おれは立ち上がり影山の腕を摑むが、

「さわんじゃねえ！」

と振りほどかれた。

「おれはやらなきゃいけねえんだよ。じゃないと上がれねえんだ！」

おれにも、自分自身にもいってるように聞こえた。

こいつは七年も見習いをしてる。けどずっと影の存在で、やっと仕事が回ってきたから必死になってるんだ。

おれと似てる。おれも花史に負けたくなくて必死だった。

「あんたの気持ちはわかる。でも戻れよ」

影山はバカにするように小さく笑った。

そして、心の底から呆れたような顔をする。

「はあ……？　笑わせんな！」

鬼気迫る形相で怒鳴った。

「リサーチすら振られなくなった気持ちがわかるか？　どんどん後輩に抜かれていく気持ちや、七年もやって議事録ばっか書いてた気持ちがわかんのか？」

おれは口を閉ざす。たしかにこいつほどおれは下積みをしてない。

「お前みたいなやつが一番ムカつくんだよ！　たった数ヵ月しかやってねえくせに、不幸ぶってんじゃねえよ」

半笑いでいう。

会議室での韋駄とおれのやりとりを見て、思うところがあったんだろう。

でも、頑張ってきたのはこいつだけじゃない。

「おれだって死ぬ気でやってきたよ。ありえねえほどがむしゃらにやって、それでもダメだったんだ！」

バラエティ番組の台詞を台本に書き起こし、企画やアイデアの本を読《よ》み漁《あさ》り、時流を摑んだり企画のネタ探しをするために暇があればネットニュースを読んでいる。でも……もう打つ手がねえんだよ。

「がむしゃらに……やり尽くしたのか？」

影山はおれに顔を寄せた。

「視聴率一〇％以上の番組をぜんぶチェックしてるか？　インプットのために映画やドラマを毎日見てんのか？　なにやってもダメなら、逆になにもしないで過ごしたことは？

考えられる努力をやり尽くしたか？」

　おれは黙る。

　がむしゃらにやるだけで……頑張りかたまでは模索してこなかった。

「おれはぜんぶやってきて、それでもダメだったからこうしてんだ！」

　影山はなおも怒りを爆発させる。

「今は使えるやつがいないから、韋駄さんはしかたなく仕事を教えてくれてる。やっと腕がつきはじめた。おれにとっては今がチャンスなんだよ！」

　影山は不器用だと直江がいっていた。

　自分の力だけじゃ仕事を覚えられないんだ。そのことを自分でわかってる。

「隣にすげえやつがいるからってなんだ？　お前はいきなり韋駄天で企画を通したし度胸だってある。辞めるなら、その才能をおれによこしやがれ！」

　視界が広がった気がした。

　おれが……恵まれてる？

　そんなこと夢にも思わなかった。

　自分が今まで小さな世界にいた気がした。半径一メートルの世界で、ジタバタともがいていたことに気がついた。

　世の中にはいろんなやつがいる。すごいやつはその中のわずかで、おれみたいなやつも影山みたいなやつもいる。みんな……苦しいんだ。

「向き合えよ！　ダメな自分と向き合え！　お前はまだ始まってもねえんだよ！」

おれは呆然とする。

この人は……すげえ。おれなんかより、ずっとすげえ。

おれよりも、ずっと広い世界が見えている。

影山はぶつぶつといいながらまた歩きはじめた。

「おれは向き合ってんだよ。ガキのころからトロくてバカにされてきた。どうせなにやってもダメなら、好きなテレビの仕事をするんだ……」

いかせたらダメだ。マジでやばいことになる。

おれは影山の前に立つ。

「わかった。あんたがすげえのも、おれがダメなのもよくわかった。だから、今は戻ってくれよ。頼むよ」

影山が静かにおれを見つめる。話を聞く気になってくれたのかもしれない。

そう思った瞬間——膝から崩れ落ちた。

床に倒れそうになった影山を間一髪で抱える。

グッタリして体に力が入ってない。

「おい！」

返事がない。
さっき倒れたときとは違う。完全に意識を失ってる。
やばい。
熊野と直江は医者を呼びにいった。

#5「放送作家はつらいよ　韋駄源太《いだげんた》編」

青山霊園の近くにある葬儀場に入った。

建物内の受付にいくと、黒いスーツを着た直江と大城と乙木が受付係をしていた。

直江が顔をゆるめて会釈してくる。乙木は悲しげにうつむき、大城は怒りの目をおれに向けていた。

おれは大城を見つめる。

こいつと会ってから、なにかが狂い出した。

目を伏せ、机の上に置かれていた芳名帳《ほうめいちょう》に住所と名前を書く。

「受付はお前らか」

書きながら三人を見ずにつぶやいた。

影山が脳の疾患で他界した——直江から連絡がきたのは昨日だった。

その間、影山に連絡がつかなかったがたいして気にしなかった。今までもなにもいわずに飛ぶやつは腐るほどいた。いつものことだと思っていた。

「親族は埼玉《さいたま》でスナックをしてる二人のお姉さんだけ。友達もいなかったみたいなんで、手伝うことにしました」

微笑みながらいった直江に香典を渡し、式場に入る。

パイプ椅子で三十席ほどあったが、ガランとしていた。最前列の右側に黒いスーツを着た二人の女性が座っているだけだ。

「わたしその韋駄ってやつ、やっぱ殴る」

「ダメだよ、あっちゃん」

「だって、そいつのせいで……」

女性たちがおれに気づいて立ち上がる。

ショートカットの女性がツカツカと歩いてきておれの前に立った。

「放送作家の韋駄です。このたびは――」

バチン！

平手打ちをされ、頬がジンジンと痺れる。

少し前までは、誰かに殴られることなど死ぬまでないと思っていた。それがここ数日で二度も殴られている。

「お姉ちゃん！」

ロングヘアーの女性が駆け寄ってくる。

おれを殴った目の前が姉、後ろが妹か。

二人とも歳は三十歳前後。顔が整っているから店も繁盛しているのかもしれない。

気の強そうな姉がおれをにらみつける。

「あんたのせいで雄也《ゆうや》は死んだのよ⁉」

吊り上がった目には涙がたまっていた。

ネットかなにかで調べておれの顔を知ったのだろう。

柔らかい雰囲気の妹が姉の両肩を摑んで後ろに下げる。

「あなたを訴えます。お引き取りください」

姉よりも冷静だが唇が震えていた。怒りを必死に抑えている。すでに弁護士と話し、感情的なやりとりをするなとでもいわれているのだろう。

視線を姉妹の奥にやり、小さな生花祭壇に飾られている遺影を確認した。

影山は笑っていた。

あんな顔をすることも、家族のことも、下の名前が雄也だということも、初めて知った。それくらい、影山とは対話がなかった。

だが後悔はしていない。

「私は、自分のやりかたが間違っていたとは思いません」

姉妹は目を見張った。

影山の眠る棺桶《かんおけ》を一瞥《いちべつ》し、出口に向かう。

「お姉ちゃん！」

背中から聞こえ、妹が姉を止めているのがわかった。

「この人殺しぃ!!」

姉の金切り声が響いた。

式場を出ると、大城が受付の前に立っていた。

「ちょっといいすか？」

先日の会議とは別人のような熱い目を向けてくる。

この目だ。

これがおれをイラつかせる。


葬儀場を出るなり、「あんたが……」と大城が裏返った声を出した。

怒りか悲しみで感情が高ぶっている。

「あんたが訴えられることは西さんに伝えた」

正義感が強いこいつらしい。こいつが西にいわなくても、やがては耳に入る。

「制作部長はあんたの代わりに別の大御所作家を入れようとするだろうな。けど、おれは西さんの意見を尊重してくれそうな作家に頼んで、制作部長に推薦するつもりだ」

こいつの単細胞加減は異常だ。普通の作家は自分で頼みにいくなんて発想すら生まれない。だが、小山田も大河内もこいつに動かされた。

「影山さんのパソコンには、あんたに過重労働させられていた証拠のメールも残ってる。今のうちに、悔《く》いのないように仕事をしとくんだな」

時代が時代だ。過労死認定されようがされまいが、訴えられた時点でおれに仕事を依頼してくる局員はいなくなる。

「話はそれだけか？」

「……あ？」

「こんなこと、とっくの昔から覚悟してたんだよ」

額に青筋を張った大城を置いて、駐車場に停《と》めていたポルシェに乗り込む。

車内のボタンを押してルーフを開きオープンカーにしたあと、車を発進させた。

ポルシェを六本木方面に走らせる。

下のやつを無理に働かせたらパンクする。最悪、死んでしまうことも覚悟していた。

ただ、そうならないようにはしていた。直江のような優秀な弟子以外には、潰れない程度にしか仕事を振らなかった。

影山のキャパは明らかにオーバーしていたのに、構わず仕事を振っていた。

なんでこうなった？

……冷静さを失っていた？

なぜ？


『さすがは韋駄だな』

熊野の声が脳裏に響く。

なんで、こんなことを思い出す？

ずっと忘れていた遠い記憶だ。


「さすがは韋駄だな。先週の高視聴率はお前の手柄だ」

担当していたレギュラー番組の会議前、会議室で熊野にいわれた。

「韋駄の作家性が全開だったよな」

「あの企画はいかにも韋駄っぽいよ」

「お前の企画ばっか通ってるよなあ」

ほかのディレクターたちからも褒められる。

「あざっす！」

喜びながらいうと、熊野に頭をはたかれた。

「バカ野郎。こういうときは謙遜《けんそん》しろよ」

「喜んでなにが悪いんすか？　おれはテレビに命かけてるんすよ！」

「テレビバカが。会議でもしゃべりすぎなんだよ。ほかの作家にも気を遣え」

「アイデアを出せないやつが悪いんすよ！」

「ああいえばこういいやがって……」

熊野は面倒そうに顔をしかめた。

テレビバカ――当時のおれはそういわれていた。

小さいころからなんでも一番をとってきた。

小中高と成績は学年で一番。高校ではバスケ部の部長も務め全国大会にも出場した。大学時代に大御所作家に弟子入りし、卒業するころにはレギュラーを五本抱えて食えるようになっていた。

当時のおれは自分のやりたい企画ばかりをがむしゃらに考え、その企画がおもしろいように採用されていた。

日本一の放送作家になる。それが、当時のおれの目標だった。

だが、あの日から変わった。

順風満帆なまま二十代後半になり、あの番組を担当した。

熊野たちと談笑していたら、会議室にプロデューサーと長髪の男が入ってきた。

「この番組の作家になる青島だ。みんな、よろしくな」

「青島志童です。勉強させていただきます」

まだ二十歳だった青島はその番組で作家デビューした。

スタッフ全員が、その日に出された青島の企画案に釘付けになった。

クライアント、演者、視聴者、そしておそらく青島自身も満足させる、見たこともない尖った企画だった。

青島は天才だった。

一回のオンエアに採用される企画の数は決まっている。それからは青島の企画ばかりが採用され、おれの企画はほとんど通らなくなった。

青島は会議でも凄《すさ》まじいスピードでアイデアを出した。ついていけないおれは、どんどん口数を減らしていった。

それでも負けたくなくて頑張った。幼《おさな》いころから一番だったプライドがあった。

その甲斐もあって、久しぶりに採用されたおれの企画が高視聴率を獲得した。

これでやっと盛り返せる。どんどん企画を通して、前のように一番になってやる。

喜びながら会議室にいくと、ディレクターたちが話していた。

「青島の企画、おもしろかったな」

「めずらしく大人しい企画だったけどな」

「あいつには誰にも勝てねぇよ」

おれの企画は、青島の考えたものだと思われていた。

放送作家は、独特の世界観を持った尖った企画を考えられるやつが目立つ。

小説家や脚本家とは違い、一つの番組に何人も作家が入るため、平凡な企画を出す作家はその他大勢として見られてしまう。

そのディレクターたちも、いつの間にか「おもしろい企画はすべて青島が考えた」と認識するようになっていた。

おれはまったく企画を通せなくなった。企画を思いついても、自信がないために無難な企画ばかりを出すようになったのだ。

青島以外の作家は、いてもいなくても同じ、空気のような存在になった。

そんなある日、起死回生のチャンスが巡ってきた。

プロデューサーから作家陣に新番組企画の宿題を出された。

その週、レギュラー番組の二時間スペシャルがスポーツ中継の延長で放送されなかった。そのことに腹を立てた番組MCの大物タレントが、番組を降りると申し出たのだ。

プロデューサーは謝罪したが、以前から同じ理由で何度も番組が放送休止になっていたため、首を縦に振らなかったという。

プロデューサーは、大物タレントの気にいる内容に番組を一新し、番組名も変えてなんとか引き続き出演させようとしていた。

ここで青島に勝ったら一発でひっくり返せる。

全身全霊をかけて考え、会心の企画を思いついた。

だけど結局、別の無難な企画を出した。

怖かったからだ。

これで青島に負けたら、自分には才能がないと完全にわかってしまう。

大物タレントは青島の企画を気にいり、番組名は変わった。

作家陣は青島以外、全員クビになった。

初めてのクビを経験した。会議でも話さず、無難な企画しか出さないのだから当然だ。

ほかの担当番組でも無難な企画しか出せなくなり会議でも話せなくなった。次々と担当番組を外され、おれは完全にスランプになった。

そんな中、先輩の作家から連絡があって飲みに誘われた。

彼は九〇年代に自分の担当番組で女子中学生を集めたアイドルグループを誕生させ一大ブームを巻き起こした。それからは作詞やアイドルプロデュースや映画監督など、放送作家の枠を超えてマルチに活躍していた。

一時期は間違いなく「日本一の放送作家」と呼ばれていた人物だ。

彼はおれにいった。

「韋駄、熊野から聞いたぞ。お前はテレビで自己表現をしようとしてるから苦しんでるんだ。自分らしさにこだわらなくていいんだよ。放送作家は作家じゃないんだ」

放送作家は局員を手伝う仕事だ。苦労して自分らしい企画を考えても局員の好みに合わなかったら採用されない。

局員は作家性のある放送作家よりも使いやすい放送作家を使う。おれが若いころも天才と呼ばれるやつはいたが、今じゃみんな消えた。演者も同じだ。おれたちは歯車にしか過ぎない。たかだか放送作家なんだ。たかだかテレビなんだよ。

「日本一作家性のある放送作家」よりも、使い勝手のいい「日本一売れている放送作家」になれ。そうすればずっと生き残れる。売れたやつの勝ちなんだよ。実績を重ねて有名になれば他業種の仕事もできる。もっと視野を広げろ。

それが彼の考えかただった。

そうだ。たかだかテレビなんだ。それよりも将来のことを考えろ。

それに、「日本一売れている放送作家」なら、おれでも一番になれる。

企画の世界観やクオリティでトップになるのではなく、確実に合格点以上の企画を素早く量産する。それなら努力でできる。

ニセモノでもいい。一番になれるのなら。

おれはその先輩作家のやりかたを見習うようになった。

自分の色を出さずにクライアントの求める企画、視聴率の取れる企画をつくった。

なりふり構わず、仕事ができる作家の技術を真似《まね》した。

後輩や弟子を使って企画を集めた。マンパワーを使っても、結果を出せばおれの名前が売れた。

ブランド物で身を固めてポルシェに乗ると仕事ができるやつだと思われた。ますます大きな番組に呼ばれて腕もついた。その相乗効果で有名になった。

たとえ凡人でも、金と地位なら一番になれる。

そう思ってひたすら走り続けた。

このやりかたを次の世代に伝えることが使命だとも思ってきた。

そう、影山が韋駄天に入った日も、

「か、影山です！　こどものころに見ていた、韋駄さんらしい企画が好きだったので応募しました！　韋駄さんみたいな企画をつくりたいです！」

「……放送作家にらしさなど必要ない。使い勝手のいい作家を目指せ」


そういった。

九九％以上の放送作家は凡人だ。この業界で凡人が自分らしさを出そうとしても苦しむだけだ。だが、このやりかたなら報われる。惨めな思いをせず、金と地位を手に入れられる。日本一にもなれる。若いやつらにも夢を与えられるんだ。

おれのような凡人たちに、このやりかたを教えていこう――。

ずっと上手くいっていた。少なくともそう思っていた。

ところが、あの男と出会った。

「おれの企画が変わります」

大城了。

自分の作家性を発揮しようとしているテレビバカだ。ほかのやつより筋はいいが天才ではない。

なぜか大城のことが気になった。あいつを見ると苛立った。

……そうか。

おれは大城に、昔の自分を重ねていたのか。

あいつらが韋駄天を辞めたあと、大城と乙木がコンビを組み、「天国からの出前」や大河内のYouTube企画に関わってると耳に入った。

しかし腑《ふ》に落ちなかった。

「天国からの出前」は、新人の放送作家がつくれるレベルの企画じゃない。

韋駄天のころに出していた企画を見て大城のレベルは把握していたが、乙木の企画は一度も見ていなかった。

四期生が初めて韋駄天の会議に参加した日、直江はおれに四期生の書いた企画書をメールしていた。そこから乙木の書いた企画書をダウンロードして初めて確認した。尖りすぎて放送できない内容だったが、ずば抜けておもしろかった。

だったら……あの企画は乙木が考えた？

乙木は特別なやつかもしれない。

それなら、早く大城に教えなければならない。特別なやつと一緒にいるのなら尚更《なおさら》だ。

おれのように潰れてしまう。

お前のような凡人は作家性など信じても苦しむだけだと、違う手段でのし上がるしかないのだと、教えなければならない。

だからおれは、大城を追い詰めた。


六本木ヒルズに隣接するタワーマンションの地下駐車場にポルシェを停めた。

十年ほど前から上層階にある家賃二百万の部屋を借りている。

もう金は十分稼いだ。日本一の放送作家にもなって目標も叶えた。

この業界を離れても、ほかの分野で自分の名前を押し出さず好きなことをやればいいだけだ。エンタメ業界にこだわる必要はない。不動産投資にでも手を出せばいい。

テレビ業界でやり残したことなどない。

忙しさからやっと解放される。苦しかった日々から降りることができるんだ。

『この企画、韋駄さんらしいですよね』

今度は、また違う記憶だ。

なんで今さら、こんな昔のことばかりを思い出す？

誰かは思い出せないが、そんなことをいっていた女がいた。

『おれらしい企画って……どんなの?』
『わかってないんですか?』
『なんとなくしか……』
『韋駄さんらしい企画は――』

あのあと、なんていわれた?
思い出せない。
はっとし、鼻で笑った。
昔のことなんてどうでもいい。
エンジンを切る。
体が固まった。
ここから十メートルほど前方に停められたベンツの前に、人が立っていた。
呼吸が止まりそうになった。
――影山だ。
他人のそら似?
……いや、服装が影山と同じだ。いつも着ていた無地の白いロングTシャツ。

生前のあいつよりさらに表情が暗い。まるで幽霊のような……ありえない。そんな非現実的なものをおれは信じない。

だったら……幻覚か？

影山はおれをじっと見ていた。

怒っても泣いてもいない。悲しそうに、なにかをいいたそうな顔をしている。

影山の口が動いた。

「あなたに……自分の企画を出してほしかった」

心臓の鼓動が激しくなる。

ハンドルを握りながら顔を下に向け、目を閉じた。

落ち着け。幻覚だ。

しばらくしてから目を開き、前を向く。

影山は消えていた。

すぐに車から出て、影山の立っていた場所に歩いていく。

周りを見渡すが誰もいない。

ふと気付く。影山がいた場所の地面が濡れていた。心霊番組も何度もやったことがあるが、霊が出現したあとにその場所が水びたしになっていたという体験談はめずらしい話じゃない。

……まさか。やっぱり幻覚だ。

ここは暗い。錯覚かもしれない。

なぜ影山が見えた？　なんで影山はあんなことをいった？

……後悔？

今までは昔のことなど思い出すこともなかった。日本一になるために、いつも前だけを見てきた。けれど、今さらあんな昔のことも思い出した。

自分のやりかたを後悔しているのか？

日本一売れている放送作家を目指すことが正しいと思ってきた。

しかし、結果的に影山を殺した。

それにこの二十年、いつも心に穴が空いたようで満たされることはなかった。

おれが求めていたのは一番になることだったはずだ。

だが……それが本当に求めていたものだったのか？

自分らしさを捨てて本当によかったのか？

影山も……さっき思い出した女も『韋駄さんらしい企画』といっていた。その企画が好きなようだった。

おれらしい企画は……どんなものだった？

たとえば、大河内の特番を自分らしい企画にするのなら？

車に戻り、バッグからノートパソコンを出し、キーボードを打ちはじめる。

視聴率のことは考えず自分の心のみに従って指を走らせると、五分もしないうちにペライチの企画書が完成した。

それを見つめながら、頭を左右に振る。

……やめろ。

あの日から、おれはすべてを覚悟して自分のやりかたを選んできた。

過去なんて振り返っても意味がない。

今さら、後戻りなんてできないんだ。

ノートパソコンを閉じた音が、駐車場に小さく響いた。


翌日、西と約束した時間ちょうどに太陽テレビの会議室についた。

なにをいわれるかは見当がついている。

だがこの二十数年、自分から番組を降りたことはない。クビになるまで仕事をするのが放送作家だ。

扉を開けると、西、植田、熊野、直江、大城と乙木も座っていた。ほかのスタッフはいない。

おれは椅子に座る。

「定例会議ではない時間にお呼び立てしてすみません。今後についてお話ししたいんです」

西がいった。

「……どうぞ」

無表情で答える。

「まず、乙木さんについてです。韋駄さんに手を上げましたが、その発端は大城さんへの人格否定とも取れる韋駄さんの発言でした。今回は厳重注意ということで、特番に残ってもらおうと思います」

真面目な女だ。どうせおれをクビにしたら終わる話なのに。

「そうですか」

「乙木さん、韋駄さんに謝罪してください」

乙木はスケッチブックに文字を書いて立てた。

『お断りします。ぼくは間違ったことはしていません』

乙木は強いまなざしをおれに向けている。

大城を攻撃したおれをまだ許せないのだろう。こんな頑固な一面もあるのか。韋駄天ではおどおどした印象しかなかったが……。

と、乙木の顔が誰かに似ていることに気づいた。

誰だ？

……いや。そんなことはどうでもいい。

おれは西に顔を向ける。

「乙木を降ろしたら、私がそう頼んだという噂が立ちかねない。新人作家にムキになったと思われたくない。それで結構です」

西は小さくうなずき、

「次ですが、亡くなった影山さんについてです」

ようやくこの話か。

「影山さんのご親族が、韋駄さんを訴えようとしている話は本当でしょうか？」

「……ええ」

西はうつむき、また顔を上げた。

「制作部長とも話しましたが、韋駄さんに番組を手伝っていただくことはできません。申し訳ありません」

深々と頭を下げる。

こいつが謝ることじゃない。おれが訴えられて影山が過労死認定されたら、問題のある人物を雇っていたことになる。局にもこの番組にも傷がつく。当然の決断だ。

クビになるのはスランプになったころ以来か……だが、今のおれにとってはどうでもいい。もう目標は達成した。次のステップに進むだけだ。

「わかりました。これで失礼します」

席を立ち、バッグを手にする。

そして出口に向かうと、後ろから声が聞こえた。

「韋駄さん」

影山の声。

振り返るが、会議室のメンバーの中には影山の姿はない。当たり前だ。

幻聴か。幽霊か。

どちらにせよ、影山が呼び止めたなら……なぜ止めた？

その瞬間、強烈な思いに駆られる。

予感ではなく確信だった。

——このままだと、一生後悔する。

目を閉じた。

太陽テレビにはおれが訴えられる話は広まっているだろう。テレビ業界は噂が広まるのが速い。もうほかの局にも伝わってるかもしれない。

これが最後だ。

それなら、やらなければならない。

目を開けて振り返り、足早に西のもとへ向かった。

「最後に企画の提案をさせていただきたい」

西は目を丸くするが、すぐに、

「……どうぞ」

と神妙な顔をする。

次のチーフ作家は、おれと違って西の考えに寄り添うやつだ。つまり、どんな企画にするかは西が完全に決める。この企画を気にいれば、多少は形が違ってもオンエアされる。

バッグから昨日つくったペライチの企画書を出して、西の前に置いた。

「大河内を無頼キャラで出演させる提案は撤回する。その上で、ゲストとの対談と再現ドラマのほかに、別のコーナーも入れ込みたい。タイトルは『這い上がり芸能人へのお悩み相談』。この番組にあと一つ足りないのは、対話だ」

おれは影山と対話してこなかった。

クライアントとも演者とも視聴者とも、自分自身とも本気で話してこなかった。

「受験に失敗した学生、会社を倒産させた社長、失恋して苦しんでいる女性……どん底に落ちている五十人の一般人をスタジオに招き、大河内とゲストからアドバイスをもらって生きる希望を見出《みいだ》す。あらかじめ視聴者から募った悩み相談のメールにも答える。テレビが一方的に伝えるのではなく一般人と対話をする」

おれの頭にあの女の言葉が蘇る。

『韋駄さんらしい企画は――視聴者を救う優しい企画です』

尖ってなくていい。独特の世界観もなくていい。全員を満足させられなくてもいい。数字を取れなくてもいい。

凡人のおれはすべてを完璧にはできないからだ。

なにかを選ばなければいけないのなら、最後に自分らしい企画を出せ。

「ありがちな企画だ。数字も取れないかもしれない。だが、優しい大河内にこの企画は合っている。上手くいけば大勢を救う番組になり得る。なぜなら、テレビは最大のメディアだからだ。テレビには……」

言葉を止める。

だが、腹の底に沈めていた正直な気持ちをいった。

「テレビには無限の可能性がある」

会議室の面々が驚愕《きょうがく》している。

西は驚いた顔のまま口を動かした。

「……素晴らしい企画です」

そういって、嬉しそうに笑った。

何年も感じてこなかった感情がこみ上げる。

それは——熱さだった。

おれはテレビを通して自己表現をしたかった。そのことで大勢の役にも立ちたかった。あのころは企画が通るたび、そんな夢みたいなことができるかもしれないという、まぶしいほどの希望を抱いていた。

自分らしい企画が通るたびに熱くなれた。それが生きがいだった。

一番になりたいという思いに囚《とら》われて、そんなことも忘れていた。

おれが本当に求めていたのは金や地位じゃなく、この熱さだったんだ。

青島に負けて、自分と向き合う苦しみに耐えられずに別の道を選んでしまった。本気を出すことから逃げ出した。

どんなに苦しくても、自分らしい企画を出し続けるべきだった。そして逃げずに模索を続けるべきだったんだ。

凡人の自分が本当に納得できる生きかたを。

だが、もう遅い。

おれは懐《なつ》かしい感情とともに湧き上がってくるあたたかいものをのみ込んだ。

何年も正直な意思に蓋《ふた》をして生きてきた。自分らしい企画がどんなものかを忘れてしまうほどに。

もうやり直しはできない。歳も取りすぎたし、影山も殺してしまった。

大城を見つめる。

こいつには時間がある。大城ならその答えにたどり着けるかもしれない。

才能のない人間は、どう生きていけばいいのか。

「企画料はいりません。失礼します」

足早に出口に向かいドアを開いた。すると、

廊下に影山が立っていた。

また幻覚が見えている？

しかし、昨日駐車場で見た影山の姿とは少し違う。
影山の着ている白いTシャツの胸の部分には文字がプリントされていた。
視線を下げてその文字を読む。
そこには——
「ドッキリ大成功!」
そう書かれていた。

#6「放送作家はつらいよ　未公開映像大公開スペシャル」

待合室で倒れた影山を診察室に運んだ。

診断結果は、直江の予想通り過労による貧血だった。

影山はベッドの上で点滴を受けている間も韋駄のもとへ向かおうとしたため、医者に鎮静剤を打たれて眠らされた。

「ありゃあ、別の意味で重症だな」

待合室で熊野が顔をしかめる。

「このままじゃマジでやばいですね」

直江がため息をつく。

今日はたいしたことなかったけど、このままじゃ本当に死んじまう。

韋駄も影山が直江ほど仕事ができるとは思ってないはずだ。なのに、なんでこんなに追い込む？

それだけじゃない。韋駄はすべてが徹底している。

なんであそこまで数字にこだわる？

なんであんなに金を求めてる？

なんでおれにこんなに突っかかってくんだ？

と、さっきの熊野の言葉を思い出す。

「熊野さん、韋駄さんと青島さんの間に、なんかあったんすか？」

当時の話を熊野から聞いた。

そして、韋駄は青島志童にボロクソにやられたことで、自分を殺して「日本一売れている放送作家」を目指すようになったと知った。

「韋駄にアドバイスした作家に話したおれにも責任はある。だから何度か韋駄の方針を変えさせようともしたが、きかなくてな」

熊野の言葉を聞いたおれはいった。

「……逃げたんだ」

韋駄は青島に負けて自分と向き合うことが怖くなった。だから別の目標をつくって言い訳をしながら、ひん曲がったまま生きてるんだ。

韋駄は自分を殺して売れることが正しいと思い込んでる。いや、無理やりそう信じてる。おれに突っかかるのは、自分を出したらおれもダメになると思ってるからだ。

だけど、その方針は極端すぎる。

放送作家にとっても芸能人にとっても売れることがすべてじゃない。違うものを一番大切に思ってるやつも大勢いるはずだ。

韋駄だってそうじゃねえか。

自分の目標が叶った今も、ぜんぜん幸せそうじゃない。いつも怒りを抱えている。あいつにとって一番大切なことは、自分を殺して売れることじゃなく、自分を出して熱くなることだからだ。

……そうだ。

韋駄は自分にとって一番大切なことをわかってないんだ。

熱くなることが大切だとわかってたら、おれたちをこんなに追い込んでいない。

若いころの韋駄は自分らしい企画を出して熱くなっていた。

もしも、その気持ちを思い出したら……おれたちの企画を見直す気になるのか？

けど、なにをすれば？

スマホを取り出す。

花史に頼ろう。

凡人の自分と花史を比べてもしかたない。張り合うんじゃなくて等身大の自分を認めて地道にやるしかないんだ。影山がそれを教えてくれた。

花史に電話して、熊野から聞いた韋駄の話とおれの考えを伝えると、電話口から「うふっ、うふふっ……」と笑い声が聞こえた。

「了くん、やばい企画を思いつきました」

「どんな企画だ？」

「韋駄さんにドッキリを仕掛けましょう。自分を出す喜びを強制的に思い出させたら、考えを改めるかもしれません。これは、韋駄さんを救うための企画でもあります」

そしてやばい企画は始まった。

全体の指揮はおれがとった。花史は人に指示したり仕切ったりできない。おれと花史は二つのイカダなんだ。今はイカダを切り離しておれが動く。そうすることで花史の企画は成立する。

「韋駄さん、影山さんが……亡くなりました」

まずは直江から韋駄に電話してもらい、告別式に来させる。

葬儀場は文が借りてくれた。ホステス時代のお客さんに葬儀会社の社長がいたために金はかからなかった。

影山のお姉さん役は、「もんじゃ文」で働く朱美と桜にお願いした。

しかし、店でおれからこれまでの経緯を聞いた朱美はいった。

「その韋駄ってやつ、殴っていい？」

「はい？」

「影山くんも了くんもそいつにいじめられたんでしょ？　花ちゃんまで番組から外されて……あんなに頑張ってきたのに」

花史を可愛がっている朱美は怒っていた。

「反撃される可能性もゼロではないので」とおれが止め、「あっちゃん、危ないよ」と桜もなだめていたのだけど、本番で我慢できなくなった朱美は韋駄をビンタした。ヒヤヒヤしたが、結果的に二人の演技はよりリアルになった。

韋駄を葬儀場の駐車場に連れていったとき、おれはやばいほど緊張していた。演技も初めてだったし、ここでおれがミスったらすべて終わる。そして、「あんたが……」と話しはじめたら声が裏返った。さらには、「過重労働さ<u>ぜ</u>られていた」と花史の書いた台本の台詞を思い切り噛んじまった。

韋駄が葬儀場を出たあと、タワーマンションの地下駐車場でスタンバイしていた影山に電話してユーレイ役をしてもらった。

影山は韋駄を待っている間に緊張して大量に汗をかいたため、立っていた場所が濡れちまったらしい。もともと韋駄にあの台詞をいったら立ち去る予定だったが、韋駄がタイミングよく下を向いたために、急に影山が消えたと思わせられたかもしれない。

最後は、この会議室で仕上げだ。

西と植田と熊野にも事情を話して演技してもらった。

韋駄が企画を出さずに帰ろうとしたときのために、あらかじめ「韋駄さん」という影山の声も花史のレコーダーに録音していた。

ネタバラシは、「どうせならおもしろくしましょう」と花史にいわれ、「ドッキリ大成功！」のプリントTシャツを着てもらった影山に、会議室の前で待機してもらった。

こうして、園原一二三のドッキリ企画は成功した。

おれは会議室でこれまでのことを韋駄に説明した。

そして最後にいった。

「放送作家はクライアントを手伝う仕事です。だけど、自分の熱くなれる企画をつくらなかったらおれと花史は死んじまう。たとえ凡人でも、自分を出しながら一番になれる方法もあるはずだ。おれは自分を諦めないっすよ。絶対に自分を諦めずに一番になります！」

韋駄は顔色を変えずにおれを見つめていた。

重苦しい空気が会議室に流れる。

予想通りだけど、やっぱりこいつにはシャレが通じねえな。この空気だといいづらいけど……いうしかねえ。

「あと、影山さんがいいたいことがあるそうです」

影山が怯えた顔でおれを見る。そしてすぐに、

「す、すいませんでした！」

韋駄に頭を下げた。

「はじめは断ったんです！　でも……」

韋駄にギロリとにらまれると、影山は恐怖に慄《おのの》き固まった。

おれの両拳に力が入る。

頑張れ。病院でおれに熱くさけんだみたいに、正直な気持ちをそのまま伝えるんだ。それが韋駄を救うことにもつながる。

影山は覚悟を決めて顔を上げた。

「おれ、こどものころに見ていた韋駄さんらしい企画をまた見たいんです！　韋駄さんの企画に何度も救われたんです。だから……また自分の企画をつくってください！」

いえた。よかった。

影山の揉みあげから大量の汗が流れ出ている。この人はまた頑張った。よくやったよ。

あんたはやっぱりすげえよ。

「……倒れる前に頼んでいた企画書は？」

韋駄が無表情で影山にいった。

「……え？　あっ、もう終わってます」

「すぐに送れ」

影山はみるみる顔をほころばせ、

「はい！」

嬉しそうに会議室を出ていった。

おれの全身に喜びが広がる。

わかってる。韋駄はもう影山に無理をさせないはずだ。

一番になることよりも、熱さが大切だとわかったから。

花史が微笑みながら、文字の書かれたスケッチブックを韋駄に見せた。

『韋駄さん、おもしろかったですか？』

父親にこんなことをいうのはどんな気持ちだろう。

ただ、花史は結果的に父親を助けた。おれとしては復讐よりはこっちがいい。

花史はスケッチブックをめくっていく。

『放送作家にとっての才能は「企画力」だけではありません。この企画は、了くんの「行動力」と「人望」があるから成立しました。ぼくは了くんがいないとなにもできません』

そして、最後のページを韋駄に見せた。

『了くんには、ぼくより何倍も才能があります』

おれの瞳に涙がにじむ。

花史は、ずっとおれを認めてくれていたんだ。

そのことに気づいてなかった。本当に周りを見ていなかった。

すごいやつに、すごいと思われてたんだ。おれは自分を誇らしく思えた。

「笑えない冗談だ」

韋駄が西にいった。

その一言で、ゆるんでいた会議室の空気がまた張り詰める。

「そこのこどもたちと違って、あなたは大人でしょう。こんなくだらないことをするために、局の会議室までおさえたんですか？」

クスリともしてない。

西がうつむく。

「……すみません。韋駄さんには、フラットな精神状態で番組に携わっていただきたかったんです」

「フラットですよ。単に気が変わっただけだ。制作部長はもうすぐ昇進する。私は制作から離れる彼より、現場のあなたに気にいられたかっただけだ」

「……はい」

先生に怒られている中学生みたいだ。西が気の毒になってきた。

韋駄はため息をついた。

「今週から忙しくなるので、この会議にはもう出ません。制作部長には毎週参加していると伝えておいてください。あとは……」

韋駄がおれを見る。

「そこの作家たちに任せます」

おれは口をぽかんと開けた。

作家？　……おれを作家と認めたのか？

韋駄は颯爽と会議室から出ていった。

その後ろ姿は、最後まで韋駄源太だった。


「ありがとうございました！」

おれと花史は西と植田と熊野と直江に頭を下げた。

「こっちこそありがとな。胸のつかえがやっと取れたわ」

熊野がほっとしたように息をつく。

韋駄があなった責任を感じていたからだろう。本当にすっきりとした顔をしていた。

「しかし、久しぶりに青島がデビューしたころを思い出したな。あいつの名付け親はおれなんだ」

熊野が自慢げにあごをさわる。

「出た。熊野さんの自慢話」植田が笑う。

「おれも聞いたことあります」直江が続いた。

「わたしもです」西も笑みをこぼす。

「いわせろよ。ほかに自慢することもねえんだから」

「青島志童って……ペンネームなんすか？」

韋駄の過去は熊野から詳しく聞いたけど、それは初耳だった。

「本名は青島史郎《しろう》ってんだ。それじゃ普通だから志童ってつけてやった」

「へえ……」

おれは声をもらす。いいペンネームだ。

「青島を作家にしたのもおれだ。おれについてたADだったが、提案してくるアイデアがおもしろくてな。プロデューサーに作家として推薦したんだ」

「その、韋駄さんも一緒にやってた番組で？」

「ああ。ロケ台本を見たあとに、腕組んで頭を左右に傾けながらブツブツいってな、すげえアイデア出すんだよ」

おれは思い出す。

「それ、韋駄さんと同じですよね？」

おれがボロクソにやられた、韋駄の一人ブレストだ。

「あれは青島の真似だ。韋駄は技術を盗むのが上手かったからな。青島のほうが百倍速いよ」

「あのスピードは異常ですよね」

「人間の思考速度じゃないです」

熊野の言葉に植田と直江も続いた。

マジか。あのブレストより速いってどんだけだよ……あれ？

ってことは、あの仕草は青島志童のものなのか？

「まあ、青島が作家としてペンネームをエンドロールに載せたのは、番組名が変わってからだけどな」

熊野が思い出しながらいう。たしか、途中で番組名も内容も変わって韋駄はクビになったんだっけな。

「なんで最初から載せなかったんすか？」

「シャイなやつでな。『まだ半人前だから恥ずかしい』っていってたんだよ」

韋駄が潰れちまうほどにバンバン企画を通してたんだよな？

謙虚な人だぜ。ＡＤだったのに上司から推薦もされたし、やっぱりはじめから天才だったんだ。

感心していると、

「やっぱりお前らも青島に憧れてんのか？　今度会わせてやろうか？」

熊野が得意げにいった。

「マジすか⁉」

おれは興奮する。

「いいんですか、そんなこといって。青島さん忙しいでしょ？」

直江がいう。

「名付け親だぞ？　おれがいえばすぐにくるよ。二人とも会ったことねえだろ？」

「はい！　お会いしたいっす！」

おれはでかい声を出した。

憧れの人だ。話をしてみたい。

「パンダも会ったことねえよな？」

熊野は花史に訊く。

花史はスケッチブックに文字を書いた。

『はい。ただ、一度だけお話ししたことがあります』

おれは驚く。

「マジか？」

そういって花史を見たとき、背筋に寒気が走った。

あの冷たい笑顔をしていた。

韋駄天を辞めた日に「殺したい人がいるんです」といったとき、大河内を助けようとした日に「死ねばいいんです」といったとき。あのときに見せた、恐ろしい笑顔だ。

どうして……？

花史がスケッチブックをめくる。

『電話で話したんです。母が知り合いだったので』

おれたちは戸惑いの表情を浮かべた。

母親と……知り合い？

ある可能性に気づいたおれは熊野にいった。

「青島さんが作家デビューした番組名って？」

「ああ……」

熊野はいった。

「『ゆかいな時間』だ」


花史の母親が演出した唯一の番組。

乙木清華は「ゆかいな時間」で、ある男と恋に落ちて花史を身ごもった。

その男は、今も活躍している有名な放送作家だ。

韋駄だと思っていた。

ウィキペディアの番組ページには、ほかに有名な作家の名前が載ってなかったからだ。

だけど、青島志童もあの番組のスタッフだった。作家に転身したばかりだから、エンドロールにはADとして本名の「青島史郎」を載せていたんだ。

花史は父親と電話で一度だけ話したはずだ。

まさか……。

花史はスケッチブックに文字を書いておれたちに見せた。

『青島さんとは会いません。ぼくの夢は彼を殺すことですから』

花史は今までで最も恐ろしい笑顔を見せた。

この作品は書き下ろしです。

〈著者紹介〉

望月拓海（もちづき・たくみ）

神奈川県横浜市生まれ。日本脚本家連盟会員。放送作家として活動後、2017年『毎年、記憶を失う彼女の救いかた』で第54回メフィスト賞を受賞しデビュー。男女問わず共感を呼ぶ丁寧な心情描写を武器に、サプライズ溢れる物語を綴る。2021年には放送業界を舞台にした青春小説『これでは数字が取れません』（本書）を刊行する。

これでは数字《すうじ》が取《と》れません

2021年9月15日　第1刷発行　　定価はカバーに表示してあります

著者……………………望月拓海《もちづきたくみ》

発行者……………………鈴木章一

発行所……………………株式会社 講談社

〒112-8001 東京都文京区音羽2-12-21

編集03-5395-3510

販売03-5395-5817

業務03-5395-3615

KODANSHA

本文データ制作……………講談社デジタル製作

印刷……………………豊国印刷株式会社

製本……………………株式会社国宝社

カバー印刷………………株式会社新藤慶昌堂

装丁フォーマット…………ムシカゴグラフィクス

本文フォーマット…………next door design

ISBN978-4-06-525000-6　N.D.C.913　348p　15cm

望月拓海

透明なきみの後悔を見抜けない

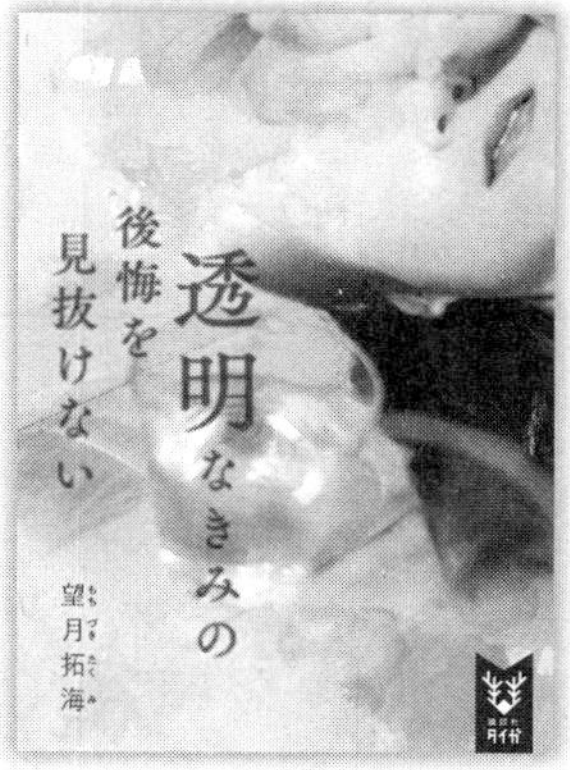

気がつくと駿府《すんぷ》公園の中央広場にいた。ぼくは——誰なんだ？記憶を失ったぼくに話しかけてきた、柔らかな雰囲気の大学生、開登《かいと》。人助けが趣味だという彼と、ぼくは失った過去を探しに出かける。心を苛《さいな》む焦燥感。そして思い出す。ぼくは教師で、助けたい子がいるんだ！　しかしぼくの過去には驚きの秘密が……。本当の自分が見つかる、衝撃と感動が詰まった恋愛ミステリー。